单翼天使会长大

田国霖 著

山东城市出版传媒集团·济南出版社

图书在版编目(CIP)数据

单翼天使会长大 / 田国霖著. --济南:济南出版社,
2018.5(2021.7重印)
ISBN 978-7-5488-3175-4

Ⅰ.①单… Ⅱ.①田… Ⅲ.①长篇小说-中国-当代
Ⅳ.①I247.5

中国版本图书馆CIP数据核字(2018)第076811号

单翼天使会长大　　田国霖　著

出 版 人　崔　刚
责任编辑　张丽雯
装帧设计　刘　畅
封面绘画　蓝　海
内文插图　蓝　海
出版发行　济南出版社
地　　址　山东省济南市二环南路1号(250002)
电　　话　(0531)86131729
网　　址　www.jnpub.com
经　　销　各地新华书店
印　　刷　阳信龙跃印务有限公司
版　　次　2018年6月第1版
印　　次　2021年7月第2次印刷
成品尺寸　150毫米×230毫米　16开
印　　张　7.75
字　　数　100千
印　　数　1—6000
定　　价　32.00元

美好时光里，我与一本书相遇

刘赴民

我觉得，这部作品是关于爱与温暖的文字。读完这本书，我深深地被其中的一段话所感动：善良终是一种付出，是不计较，是比聪明更智慧的选择。窃以为，这应该也是这本书的主题，同样关于爱，同样给人温暖。

主人公林园是一个异于常人的女孩儿。她一来到世上就遭遇不幸：不喜欢女孩的奶奶和父亲，因为她的诞生而迁怒于她的母亲。在经历一次次的伤痛之后，林园的母亲舍弃了自己的一切财产而离婚。自此，林园的母亲带着林园生活。但生活没有给这个单亲家庭更多阳光，林园和母亲在世俗的社会中艰难地活着，面对各种压力、骚扰，承受着许多不屑、讥讽和猜度。然而，生命有着不可思议的顽强与韧性，她们努力认真地生活着。十三年间和母亲相依为命的林园，也有自己的快乐、自己的追求。生活不总是苦涩，雾霾过后也有阳光。林园在成长中感受生命、感悟人生，感恩爱和友情。

小作者田国霖目光敏锐，有着超越同龄人的成熟与冷静。她善于用细腻的笔触描述日常生活中的辛酸苦恼。她有和同龄人一样的属于孩子的泪水和欢笑。在这本饱含着作者的生命激情与融入了作者的人生观、价值观的书中，有两个方面尤其令人称道：一是对世情百态的细致观察和极尽逼真的描绘，二是对人生世事的精辟阐释。书中许多的细节，令人惊叹地展现了小作者的思想深度、思维广度。她通过这本书向人们传达的关

于真善美的理解，发人深省，令人动容。

这本书是一部带有苦难色彩的成长史，它一定会带给读者许多感触，它告诉我们：无论人的成长是多么艰难，我们都要直面现实；无论现实多么残忍，我们都应该面带微笑。爱和温暖，是我们作为生命个体一直追寻的“东西”，有些人拥有太多甚至会被爱淹没，另外一些人却要用一生去寻找爱和温暖。《单翼天使会长大》像一缕阳光，照亮了人生幽暗的角落，让人们感受到了宽恕与包容的温暖，看到了爱与善良的力量。

我初识小作者是在2016年的金秋时节。作为一个媒体人，我被深深地打动了。这些文字给了我珍贵的真善美的滋养。希望再过十年，当小作者成为著名作家时，我们请所有读过这本书的人聚在一起，大家回想旧时光，都会为自己自豪——我们一起经历过、感动过，我们无愧于这个伟大的时代。

在美好时光里，我与《单翼天使会长大》——一本关于爱的值得珍藏的书相遇。

感谢济南出版社的编辑老师，感谢众多热心人的鼎力支持。感谢支持这本书的有爱心的人们，你们的认可是对作者的最大褒奖！

2018年3月

（刘赴民，现任某财经媒体品牌研究院负责人，山东省经济学会副会长，山东县域经济研究会副会长，山东大学EMBA联合会副理事长，《齐道儒商》主编。）

善良是一种付出

田国霖

善良一直埋藏在林园的身体里，它有月光般的仁慈。善良把一切怨恨与委屈，全部用时间筛滤，只留下微笑、温暖和感动。

抬头看云卷云舒，云彩如同人生，它们不停变幻形态。林园知道，世上唯一不变的就是世界一直在变化。总有一天，她会忽略需要忽略的，在乎需要在乎的，这何尝不是一种明智的选择呢？

一些消逝的时间里，承载着她并不欢愉的童年。

历练，从学步开始。有时，受伤也是极致的演习，不必怵然惊诧，不必乞求怜悯。在她所经过的途中，在这十几年的行程里，时光如梭，一些事物走丢了，一些却嵌入生命里。无论昨天、今天，她都有她的成长史，她的独白，她的小时代。真正属于她的东西，一如质朴的大地，容纳着离愁别绪，也容纳着有争议的故乡。

林园从出生，渐渐成长，长成自己也不熟悉的样子。很久以来，她不熟悉她的故乡。“故乡”对她来说是个疏离的词语。如果以父亲出生地为准，那她算没有故乡的人吗？如果一个人从小就没有父亲的陪伴与关爱，没亲近过父亲的老家，那么，故乡的概念对他来说几乎形同虚设。如果林园是一片云，被风吹向哪里就在哪里吧。云开成了花的模样，花也长成云的样子。对云来说，故乡是远方的远方。

她从牙牙学语的小屁孩，长到上幼儿园的年纪，再到上小

学的年纪，后来又上初中了。时光在路上开出不同的花朵，散出不同的味道。当她能够坐下来沉思，不再天真幻想的时候，她的童年也就渐渐走远了。不，它和她永别了……

记忆里，她也曾那么迷茫和彷徨，曾羡慕过幸福的人。这些迷茫、彷徨和羡慕几乎就在她的心田生根了，拔去会有点痛。

当林园妈妈花40万元买了一套两室一厅的小小的单元房时，她说面积太小，要把林园平时收集的玩具扔掉一部分。林园真是舍不得，她对毛绒玩具有着类似本能的依赖，她还想要更多的毛绒玩具。也许，在她的认知里，人只有不断地获得才快乐，丢弃是件很糟糕的事。

是的，林园还不懂事，内心深处，时常怕失去什么，隐隐感到不安。那不安情绪来自哪里呢？多年后，她才明白，它源自父爱的缺失。

当她想到这点时，整个人被巨大的磁场所左右，而那磁场，正是无边的虚无和迷茫。同时它验证了她的孤独和恐慌，她弱小的心灵不能“虚以静”。心虚了，装得下世界了，才会有灵。林园的经历打磨了她的年龄与认知。她想有个独立的空间，得以“心空明，纳万物”。

书上说了，父亲能给孩子勇气和力量，使孩子人格更完善，心态阳光健康。这是母亲所难以给予的。父母角色的不同，传达给孩子的信息也不同。而单亲家庭的孩子，总会存在这样那样的问题，原因是爱的不完整，导致心理失衡……再无私的母爱，也不能代替父爱……婚姻，早就给人分好了工。

可是，在林园出生几个月的时候，她的父母离婚了。父亲的家人嫌弃林园是女孩，之后林园的妈妈多次遭遇家暴，这样的日子对林园的妈妈来说如同炼狱。

画家吴冠中说过：“一个人千万不能错过人生的各个时机，就像植物嫁接晚了，就永远接不好了！”

有道理。生命里的每个段落，都是一次转折，一次开始和一次结束。有些错过，不是自己所能左右的，一错，就是一生。因为有些无奈，是命中注定的，像躲不开的圈套，所以才有了那么多无法弥补的遗憾。起初，林园不相信命运，却又真切地感到“命中注定”的存在。在她暖暖的回忆中，缺席的人，何曾来过？或者说谁又肯弥补这份缺憾呢？

林园想要个父亲。她曾对着流星许愿，盼望有个好爸爸。林园妈妈没有任何办法，她找不到，好人难得。林园被动地认识了生命中的不完整，从小住进姥爷家。她的妈妈也未遇见爱她的人。

原来，一切是非，一切离别，都不必烦恼，不用纠结，一切惊喜，更无须得意。生命里父亲的缺席，所有的遗憾，全在流年里，被风吹散了。

林园这个单亲家庭的女孩，记得昨天和今天，记得母亲的眼泪。人啊，注定要分离，何必苦苦追逐得不到的事物？人注定要有喜欢和爱，才不生病，才过得有生气。

林园妈妈有着一颗水晶般透明的心。她就像从童话里走出来一般善良诚挚纯粹自然。她的遭遇，让林园意识到没有老公的女人真的好难，女人的肩膀太弱，力量太小，扛不起一片天空。可她的妈妈没有依靠谁，向谁借钱，她的妈妈独立，尽量不给别人添麻烦。

林园的妈妈认为，善良是做人的根本。这需要有一颗坚韧的心。

面对伤感的事林园的妈妈也笑，好像笑一笑成了唯一重要的表情，让林园觉得磨难在妈妈面前也会矮半截。是啊，没有过不去的坎儿。笑对磨难必有达观的心态。然而林园深知，妈妈就是个弱女子，面对起起伏伏的命运，她也茫然无措，虽在自己面前，她一直十分坚强。

和妈妈一同经历风雨，林园逐渐长大了，不再是哭闹的小孩。妈妈的淡然、宽容、善良或许打动不了别人，却打动了林

园。林园的妈妈曾对林园讲过："每个小孩都是小天使，从遥远的星空飞下来找父母。有的都找到了，有的只找到了爸爸，有的只找到了妈妈，每个孩子是不一样的。你呢，是看妈妈一个人太孤单了，就飞下来和我做伴。"

这段话伴随林园成长。对她来说，幸福的人心里没有恨，悲惨的人心里也没有恨。

是啊，原本，真善美永不过期。不做作，不世故，就是一个人的真；懂让步，懂尊重，就是一个人的善；有初心，有胸怀，就是一个人的美。

善良终是一种付出，是不计较，是比聪明更智慧的选择。无论过去、现在，还是将来，更无论对待家人、邻居，还是陌生人，原谅一切对不起自己的人，就是原谅人生旅途中的苦难。

让时间说真话，从各种经历中汲取"养料"，那么，人生旅程中所遇的苦难都将云消雾散，世界仍是那么美。

2016 年 12 月

目　录

一　我来保护你

在学前班时，老师就告诉我们：社会是一个个小家组成的大家，和谐的小家让社会更和谐。

父亲一家嫌弃妈妈生女孩，虐待她。妈妈承受着巨大的压力，终是忍无可忍，提出离婚。因为她想抚养我长大，要活下去，生活的路总要一个人走。当然这也许正好成全了对方。单薄的妈妈舍下楼房和其他所有，抱着襁褓中的我选择坚强。直到现在，她还没遇见爱她的人。现实薄凉，但还是得“看清这个世界，然后爱它”。

离婚后的妈妈无处可去。“家”在我看来是支离破碎的代名词。喝酒是姥爷的爱好，与忧愁无关。相对于自己的女儿，他似乎更关心自己的酒场。在他和姥姥看来，再婚是很难的，何况我妈妈她还带着个小孩。万一找得不好呢？万一那个人对孩子不好呢？权衡半天，他们不支持妈妈再找对象，他们也不会帮她介绍。所有的亲戚也回避这个话题。他们不提，似乎我们的困境就不存在了。我们沉默地生活着，过着和其他小市民一般平凡的日子。我喜欢妈妈带我去闹市，看那里熙熙攘攘的人群，在那里还可以买到廉价的零食。这是小小的我最大的快乐。妈妈出门骑自行车，我说：“我要跟你去，我要跟着坐车子。”于是妈妈就把我抱在车后的小椅子上，她说她羡慕每一个小商贩，闹市区很乱，但有烟火气，也有爱。

烟火气倒是看得见，也好理解。可是，呵呵……爱是个什

么东西？能吃吗？

事实上，爱，无所不能。

我在后面摸她黑亮浓密的长发，摸她衣服上印的碎花。妈妈的笑声从前面传来。我仿佛听见了小河汩汩的水声，从我体内的小宇宙中传来。嘻嘻，这温暖的母爱，陪我穿过长长的大街。我对这个世界还很陌生，但还好我有妈妈的陪伴。

在许多个下午，这边夕阳红彤彤地染了天空，那边月亮已浮现在天际，有时起风了，有时没有风。我常常在这景色里发呆，自己握着自己的手。回家的归途，有谁在等候？真想有个家，有个有爸爸妈妈的家。

松开手，等到自己想累了，思绪才停下。有时幻想，是另一个自己，是另一种生活。

家里除了姥爷不看孩子不做家务，别人都有事做。姥爷就是个大闲人，爱玩，爱喝酒，自由散漫，还大男子主义。姥姥说："你姥爷年轻时就这样，一辈子也就这样了。洗衣做饭本就是女人的活儿，男主外，女主内，向来都是如此。"

姥姥说的话我听不懂。她每天有做不完的家务，忙得团团转。而姥爷每周要外出喝几次酒，每次都会喝多。我真怕他喝多了回家凶巴巴的样子。他会跟我姥姥吵，跟我妈吵。他发火会吓得我和表弟大哭。他看见我们哭，也完全不会顾忌，仍会继续发火，骂我妈无能，是个大傻瓜，没人喜欢……这样的场景经常上演，争吵激烈时姥爷会动手打人。被打的是弱者。这时老奶奶（我叫妈妈的奶奶为"老奶奶"）会怒喝姥爷住手。若姥爷非要打，老奶奶也是招架不住的。有几次老奶奶使劲拽着姥爷的胳膊，把他的胳膊抓破了，但姥爷还是打了我妈两巴掌。

酒是魔鬼。姥爷五十多岁得了高血压，天天吃药，依然嗜酒。表弟三周岁时上了幼儿园，我也上了幼儿园。那时候表弟

有时来姥爷家，有时舅舅把他接到自己家去了，姥爷再发火时，就只吓哭了我，而我是不敢哭出声的，否则他会更生气。我习惯了这个环境，以后也不哭了，但我会躲进里屋去，闷闷不乐。

多年后，我仍忘不了那个情景：

一个夏天的中午，姥爷在外面喝多了，和我妈吵起来。我听到他怒吼道："你再顶嘴！"

姥姥买菜去了。老奶奶听见我姥爷想打我妈妈，就赶紧阻止他。可是已经晚了，他随手抓起一只茶杯，掷在妈妈脚下，碎片反弹在妈妈的腿上，血顿时流了出来。多年后，她的大腿内侧还有个疤痕，这将是她永远的疤痕。

妈妈哭了，马上被姥爷呵斥住。妈妈说："你真狠，看我住你家是多余的，老拿我出气。"

"我要是真狠就不收留你了。有本事你走！"老爷说。

妈妈沉默着，她注定以"乞讨"的姿势，以出气筒的模式，赖在姥爷家，当个没出息的人。她不想跟家人结怨，不想浪费一笔房租，再说未必有合适的住处。为了我的安全，娘家是最好的归宿。天地再大，哪有她的容身之处？

我拿着纸巾去给妈妈擦血。老奶奶要蘸点酒给她的伤口消毒。妈妈嫌疼不让蘸酒。姥爷看看我，不再说话，他回卧室去了。我怔了几秒，突然萌生了一个念头：从后面推倒他，再踩他几脚，发泄一下心中的怨气。

我盯着姥爷回了屋，其实我什么也没做，什么也做不了。

回头想想，那种毫无意义的争吵带来的只是亲人间的互相伤害。日常生活被不愉快占据了大部分时间，是不是很可惜？上小学后，我在一张报纸上看到一篇谈家庭的文章，里面讲到一家人之所以爱争吵，是因为他们是好人，好人爱较真，爱说实话。较真和说实话都会伤人，这样就爆发了争吵……

由此，我想到了姥爷不喝酒时的愤怒和较真，他是好人，可总伤家人的感情。

像这样的争吵，都是不知不觉间爆发了，我渐渐习以为常。我多么希望姥爷不再发火。他说妈妈让人操心，其实他也让全家操心啊。

老奶奶劝阻姥爷时用小脚小跑着，跌跌撞撞，她矮小的身影摇晃在我的视线里。她斥责姥爷时，我又觉得屋子也跟着晃动起来。我的心，常常悬于天地间。

妈妈不会一走了之，不会跟姥爷赌气。她是个不计较的人，对外人这样，对亲人更是如此。她唯一能做的就是等姥爷消气，再跟他讲讲好听的话。

如果姥爷不醉酒，脾气也不暴躁该多好？我心中的好姥爷就是一个和蔼的“小老头儿”形象。他会给我讲故事，陪我玩耍，帮姥姥一起洗衣做饭。他对妈妈态度柔和，不打骂这个离了婚的弱女子。他也不让老奶奶牵挂。

现在，老奶奶快九十岁了，姥爷还是时常喝多。现在，我和妈妈有了自己的住处，亲人间少了些摩擦。我们时时惦念姥爷的身体，最希望他戒酒，希望他在乎生命，在乎老奶奶，在乎关心他的人。

是不是每个人都有另一个自己？一个沉稳，一个急躁；一个快乐，一个悲伤？

对我来说，最勇敢的一次，是跟姥爷顶了嘴。当时，他也毫不客气地批评了我。最后，我眼泪汪汪地坐上妈妈买给我的儿童车，鼓励妈妈收拾东西出走，再也不要回来了。

姥爷好像还笑了，说我人小志气大。

但我听不进去，执意要走。妈妈就在我的车头上系了根长绳子，拉着我出了门，在街上走了好长一段路。我觉得特别威风。

后来还是姥姥打来电话叫我们快回去，说姥爷担心了，又不好意思打电话叫妈妈回去。

我就“命令”妈妈往回走，并且告诉她：“以后不用怕了，我长大了，姥爷再发火时，我来保护你。”

妈妈的腿被扎破以后，她流血大哭的场景时常萦绕在我眼前，在我小小的心里激起波浪。我再也不忍妈妈受姥爷的气，我要保护她。这句话是不是我说晚了，为什么她听到后就哭了？

滴答滴答，妈妈的眼泪像断了线的珠子，掉在我的车头上。

“妈妈你不许哭，别人会笑话你的。你现在就笑一个，笑一个！”我说。

她问：“你那么小，怎么保护我？”

“我……打不过姥爷，我们买个房子，把我老奶奶也接过来，我们不在姥爷家住，我就能保护你了，妈妈。”我告诉妈妈自己的想法。

“嗯，我们总会有房子的。你姥爷的脾气总会变温和的。他越来越老了，会温和吧。”妈妈拉着我往回走，她的声音让我听出了她似乎并不相信自己的话。

从她的迟疑里，我看到了两个好人，两个活得较真的人，浑身长满了刺，花了精力和时间相互伤害。这叫我哭笑不得。在姥爷面前，妈妈永远是个“无能的人”，没有分量，缺乏实力。

我小得什么也帮不了妈妈，还说保护她。望着天边的彩霞，我的心情莫名好转，彩霞也映红了我的脸。

过去的是时间，忘不掉的是经历。

二　城府太深

岁月如流，7 岁的我上二年级了。教我们的老师还是原先的老师，同学还是一年级的同学，教室从一楼换到了二楼。

哈哈，我把一位老师悄悄写进日记里，说她发起火来比我姥爷还凶，简直像个怪兽，吓哭一群孩子……

这本日记我不敢带到学校去，是在姥姥家写的，它一直伴随我到小学毕业。毕业后我对着日记本发呆，回忆我的小学时代。

欣然发觉，有些许想念小学时光。这是时间给予的吗？

或许我真的可以这样去理解：老师管教我们是为了我们好，他们有时凶一些是为了学生更听话。

面对往事，我还是笑了笑。这点很像我妈，在想不明白，或找不出理由时，就笑笑。可与她不同的是，我喜欢对着镜子做出各种表情，而妈妈最不喜欢的就是照镜子。她不愿看见自己衰老的模样，眼角纹、白头发、变暗的肤色、微胖的体形，与原来那个人人羡慕的白皙高挑的她相差好大。

当我说她不会扮靓，某某同学的妈妈才会扮靓时，妈妈受了刺激。她不甘心，像要证明给我看她也曾美丽过，她拿出 35 岁前的照片给我看，跟我说她原先的体重是 50 公斤，身高 170 厘米，很苗条。她的身材和皮肤呢，是全校女生都渴望拥有的，身材瘦而不露骨，皮肤细腻白嫩。她还有一头乌黑油亮的头发。结果悲惨的经历让她长成自己也讨厌的样子。她之前

从未想过衰老会如此之快。她领教了，回忆徒增伤感。

妈妈说她看到以前的照片内心又翻江倒海，万般愁绪，一声叹息。对待过去最好的方式是忘却，是收藏。时间粉刷了一些泛黄的旧时光，也粉刷了旧心情。许多成长中的小插曲，偶尔被风吹动，如风铃一样发出声响。

比如严厉的数学老师吧，她喜欢叫我“小笨蛋”，使我自卑得很，越来越怕，怕数学老师，怕上数学课。其实我的数学成绩也不太差，90分左右，可我不知为何她不喜欢我，课堂上也极少提问我，直到小学毕业我也没想明白她为什么这样。想不明白的事我就不想了，人生路上不是有很多事情都是不了了之的吗？

说两件我上学时的事情吧。先说第一件事。其实无论是先说还是后说，事情都已经尘埃落定。在时间的原野上，这些事小得如一片羽毛。

第一件事源于我的后桌F同学。F同学活泼好动，习惯笔不离手，笔尖对着人。我跟她沟通过很多次也不管用，因此我的衣服后面总有笔迹和墨点，增加了妈妈洗衣服的负担。

那天下课后F在后面喊了我一声，我马上回过头去——她的铅笔尖就戳到了我的额头，我感到一阵刺痛。我下意识地拿手去捂，摸了摸湿湿的，流血了。这个情况被周围的同学看到了。头上的痛感越来越强，我突然放声大哭，班里安静下来，只有我的哭声在起伏。有几个同学跑上楼去告知班主任了。F就那样稳坐着看我哭。一些同学围过来给我递卫生纸。

当我哭得稀里哗啦时，刚才去跟班主任汇报的同学回来跟我说：“班主任叫你上楼啦！”

我停止了哭泣，有同学陪我上楼。办公室的门大开着，班主任和数学老师正在喝茶说笑，看到我，班主任问：“怎么啦？”

我就跟她讲了事情的经过。然后班主任就给我妈打了电话，说我受了点伤，让她马上到办公室来一下。

打完电话，班主任又和数学老师继续聊天去了，我就站在那里，想着妈妈肯定着急了，不由得默默哭了起来。我焦灼地等待妈妈，感觉时间非常漫长。办公室里没有镜子，我看不见我的伤口。即使有镜子，我也不确定有勇气走过去照照。

当我等待妈妈的时候，数学老师问我妈妈在哪里工作，我回答了她。数学老师跟班主任耳语了一下，班主任就起身打了个电话。我听出她是给 F 的爸爸打的，意思是叫他过来。说完了班主任又派一个学生把 F 叫来办公室。F 没有向我道歉，她站在我对面，面无表情。

这时，妈妈来了。我妈妈进了办公室就向老师问好，说让她操心了，还送给老师一本书。妈妈一定用了最快的速度跑上五楼（办公室在五楼，没有电梯），她有点气喘和紧张。妈妈俯身检查我额头的伤势，又从小包里取出一瓶水，但她没有棉棒。班主任说：“别洗了，一会儿去医院看看吧，已经给 F 的家长打电话了，他马上就来。”

妈妈劝我别哭，说眼睛都红肿了，一点儿皮外伤，不要紧。她拍拍我的背，又给我喝了几口水。F 咬着嘴唇望着我妈妈。

我妈妈问：“怎么伤到了同学啊？”

F 转着眼珠，涨红了脸，不说一句话。我告诉妈妈是 F 用一支铅笔戳了我的额头。

妈妈转身对 F 说：“是不小心吧，以后注意别拿笔对着同学啊，有点危险……”

班主任走过来打断妈妈的话：“她俩是前后桌，平时玩得也很好。这一次 F 失手伤了你女儿。这铅笔的印迹渗进皮肉里是洗不掉的。曾经有个学生也是被另一个学生用铅笔戳到脸了，结果脸上一直留下个黑点。唉，现在的孩子调皮，等她家长来了，你们去医院看看吧。毕竟是在额头上，女孩总是在意美的。

或许会留下个黑点……”

妈妈的表情也变得凝重了。这时F的爸爸风风火火地闯进来，他先瞥了下F，发现她完好无损地站在那里，才瞧了瞧我的额头。

我是那么敏感地察觉到了F的爸爸内心的变化，现在他已经镇定了，镇定得有点冷漠。我妈妈心中则是忐忑不安，听到班主任这么说，她一定烦恼极了。事后妈妈跟我说，当她知道是铅笔戳破了皮肤的那一刻，就绝望了。这么说半点也不夸张，因为妈妈上一年级时，有同学用铅笔戳到了她手心，那个黑点早嵌进肉里去了，伴随她几十年还是很明显。何况我的伤口是在额头上啊，这的确是件不愉快的事。

F的爸爸平静地看着班主任，问她该怎么办。

班主任说：“你们两个家长商量吧，最好去医院问问有没有什么好办法。”

于是我跟妈妈上了F的爸爸的车。F下楼继续听课去了，我耽误了一节书法课。F的爸爸直接拉我们去了中医院，并且在路上已经给认识的外科医生打了手机。到了一楼的外科门诊后，医生看了看我的额头，只给上了点碘伏。医生说：“要去掉铅笔的颜色只有挖去一点儿皮下组织了，那样很疼，没准儿也留个疤，建议还是不管它了，做个纪念吧。因为铅的着色力很强，所以……”

妈妈拉着我的手往外走，安慰道：“年龄大点儿了就会好的。林园，你还是去上课吧，落下的课去问问你同桌……”

就这样，我回了学校。

从此，F有意拉开了和我的距离。

善良和原谅，总是我和妈妈最后的选择。

另一件要说的事，又跟F有了联系。

记得二年级下学期的某一天，我们的数学测验成绩出来了。

每组的小组长很快把试卷分发到大家手里。然后，上课铃响了，数学老师气呼呼地走进教室，站在讲台上扫视我们。

数学老师呵斥道："看看，都看看，这是期末考试前最后一次测验了，考得什么啊！有几个满分？数学课代表同学，98分。"

教室里安静得连掉下一根针都能听得见。此刻，数学课代表正低着头，看着试卷。我激动地望向讲台，因为这次我考了100分，期盼得到数学老师的表扬。我心跳加速，心怦怦怦跳个不停，像是打起了小鼓。

我仿佛看到全班用羡慕的眼神看着我，数学老师对我大加赞赏，最后全班鼓起掌来，我在他们的掌声里羞答答地发言……

数学老师的一句话打断了我跑偏的思路，她说："只有乔宇和林园考了100分。"

数学老师的目光投向我，我赶紧低下头。只听她又说："林园，你抬起头来，告诉大家，考试的时候，你有没有抄袭你同桌乔宇的题？满分试卷是你自己做的吗？"

"我没抄，是我自己做的。"我一下子站起来，急红了脸，委屈地说。

"哦，是吗，乔宇？"数学老师直视着我同桌。

乔宇点头说："谁也没抄谁的，自己做。"

乔宇是我们班的尖子生。他考100分是理所当然，我考100分就成了意外吗？被怀疑的滋味不好受，我被打击了那么一下。

这时我看到数学老师逼视的眼光忽地灭了，她又说我是个理直气壮的孩子，让我和乔宇下课去她办公室各领一朵小红花。

按照以往的规定，谁考了100分，数学老师会奖励他一朵纸叠的小红花。

下课了，我的试卷被几个同学拿去翻看，似乎要找出个错误来才罢休。乔宇先我几步奔出教室，我上楼时，正遇见他下楼，他举着红花给我看。

我说："乔宇你好牛啊，每次都是第一，你家的花还能放得下吗？"

他说："你也好牛啊，才得了一朵。哈哈，我家房子大，我爸在银行，当然能放得下。"

哦，我噔噔噔地往上跑，把他的声音甩在身后。

数学老师还是平日里威严的表情。我胆怯地看向她的眼，马上又低下头。我是笨小孩，得到小红花是个意外。

老师从抽屉里拿出一朵花来，语重心长地说："林园，这次考得不错，继续努力啊！"

说完她把花递给我，我还知道说："谢谢老师鼓励。"这得益于妈妈的教导：要讲礼貌。

下楼的时候，我有了想哭的感觉。考100分，我心里明明是欢喜的，被老师认可是件特别愉快的事情。第一次听到老师鼓励的话如吃到蜜糖，这是我第一次被她肯定。学习需要动力，我也有一个开花的梦啊，在任何可能的时间。

可是，可是……被轻视的滋味很苦啊。就因为我没有爸爸，我是个单亲家庭的孩子吗？

回到教室后，F主动跟我说了话："还真是100分——能让我看看你的花吗？"

"当然。"我说，"你喜欢就送你了。"

哎呀，我怎么能说送她？说完我就后悔了，可我还没想好怎么挽回，她就说收下了。

唉，我真想给妈妈看看小红花，让她高兴高兴。我的脑子肯定坏掉了，不然怎么一张口就送了F？接下来的那节课，我在发呆中度过，企盼F把花还给我。

丁零零……中午放学了，F没有站队，抓起书包就跑了。

我的心凉了。

最不可思议的事还在后面。下午 F 又对我说：“你觉得获得一朵花了不起吗？”

我说：“没有啊，从没有。要不还送你？”

“那么说你是不稀罕它了？”F 说。

“不，我挺喜欢的。因为你也喜欢，所以才给你了啊。”我回答。

下了第二节课，有同学对我说：“数学老师在办公室等你，快去吧！”

什么事？

我又噔噔噔地跑上五楼，没想到等待我的是一顿数落。数学老师说：“林园啊，你这孩子，奖励你的花怎么说不稀罕呢？你对我有意见吗？原来你是个城府太深的孩子。我不喜欢有心机、爱算计的学生。小孩子嘛，就要天真有童心，而你竟然蔑视老师给你的小红花，这就是对老师的蔑视！”

我突然就明白了是怎么回事，是 F……

“老师，不是这样的。我喜欢被表扬，那朵花是……”我解释。

“行了！你回教室吧，不要解释，我都晓得了。”老师不容分说要我闭嘴。我马上停住，有时候解释是多么苍白无力啊。

时光如梭，这两件小事算我小学时代经历的两件难忘的事了。到底是谁心机重，城府深啊？老师啊老师，我很想鼓起勇气跟您说说话的，可是不几天我们就分开了——您内退不再上课，而我们也升了三年级，重新分班组合，我也有了新老师新同学。

我说过，所有的过往都是小插曲。偶然回味，竟风轻云淡了。那些哭哭笑笑的误会，唯愿在老师和 F 的心里，也风过无痕。尽管，我给数学老师留下了小笨蛋的印象，但我仍尊敬老师；尽管，我的额头永远留下了F的铅笔点，还被她“陷害”，但我相信友谊之花，终能四季盛开。

此时的妈妈似乎矮小下去了，看上去凄惶的样子。她时常无声地流泪。可我好了伤疤忘了疼，即使伤疤永远留痕。

无论如何，时间啊，它匆匆而过，我们的书本也该翻页了。

三 不是过客

时间让我成长，让妈妈低到尘埃里。回望是百孔千疮。

我们是小城的过客吗？

行程中的荆棘还少吗？时刻准备“受伤”。红尘之中，谁不是谁的过客呢？唯愿妈妈和茫茫人海里的某人相遇，走上“幸福红毯”，温暖相依。

某个人还未出现，我都快绝望了。一个人到底要经历多少坎坷，才能得到一份福祉呢？

一次考试结束后，妈妈告诉我一个好消息——她准备买房子了。

“啊，买房子吗？”我激动得跳了起来。

“终于有自己的家了。”妈妈说。

“我也可以有一个属于自己的房间了吗？”

“嗯，我们准备买的房子面积有点小，不过你可以有一个属于你自己的房间的。”

对我来说，大小没关系，重要的是有个自己的家，有自己的空间。

反正放了假，下午我就跟着妈妈兴冲冲地去看房子了。我想，用不了几天就会买下来，妈妈说过她的钱够用了。这是个新小区，原先是一大片平房，后来拆迁了盖楼，属于回迁楼，没有房产证。

小区里外的地面还没铺水泥，都是尘土，坑坑洼洼的。单元楼里的纱窗也没安装，看起来还有不少细节方面的工程有待完成。我上了一楼，又上了二楼，闻见了石膏味儿和水泥味儿，心里的兴奋劲又高了些。我参观了新房间，期盼快些住进来，随便哪一个单元都好。

来看楼的人很多，大家都欢天喜地，如赶赴一场盛会。当时房价也高涨，小城房价已涨到每平方米5000元。买房和卖房，都成为大家关注的话题。

街对面的店里正在播放薛之谦的《演员》：“……递进的情绪请省略，你又不是个演员，别设计那些情节，没意见我只想看看……”

他唱得真起劲，好像在为小区内正在进行的房屋买卖摇旗呐喊。扑哧一下我笑了，就这样兴奋起来，有种飞扬的欢愉。这些兴奋欢愉，连同青涩的记忆，一直一直印刻在年少时光里，它们注定又随着此时的歌声流转，将是绽放在我心里最美的花朵。

我和妈妈也有自己的地方住了。

“有自己的住房就代表不是这里的过客吗？”我问。“过客”这个词是我在学校里新学的。

妈妈点点头，又摇摇头。

我疑惑地问：“什么意思？”

“这里是故乡，我们本来就不是过客。”妈妈底气十足地回答。

因此，我的脚步迈得更加坚定了。

我们立刻把这个消息告知姥爷一家。最高兴的是我老奶奶，我们能有自己的住处是她的心愿。她跟我说：“不管房子大小得有个家啊，有个自己的落脚地儿。是该分开住了，你们在这里，你姥爷脾气不好，一家人总生活在一个时常怄气的环境里，对你的成长也不好。”

说到“家”，人们都说有爸妈才是完整的家，有爱的才是幸福的家。然而对我们来说，“家”就是自己的屋子，不能苛求日子的圆满。我从来也未苛求过，妈妈在，爱在，家就在。

那天我们一家早早来到这个小区。一会儿，房主过来说，还剩下临街楼第 1 层和第 2 层，小区里面不临街的楼的低楼层没有了。最低也是 5 层了，还是后面几个单元。

姥爷说那就要最后面靠湖的那幢 5 层吧。

妈妈喜欢 1 层，她说接地气。

喜欢热闹，临街的也好。但有什么办法，这等大事她是做不了自己的主的。她设想的是想买个 92 平方米的房子，这样可以有 3 间小卧室，能住 3 个人，能把我老奶奶接来。可现在妈妈拿不出多余的钱了。

但姥爷反对买临街房和 1 楼。他说我们不懂风水学。

妈妈很迟疑，被姥爷一说，半点主意没有了。就算有，也会被姥爷打消。那时住几层对我来说不重要，我也不在意，只要有个房子住就行。面积小，没有老奶奶的房间了。老奶奶知道我妈钱少买不起大的，她把自己的积蓄都拿出来了。老奶奶是军烈属。

姥爷坚持让我妈买小区最后面靠湖的那个楼的房子，关键时刻，还是姥爷姥姥做了主。他们搬出一套理论给我们讲解，说买房子是一辈子的事，不能买了后悔。前面的临街楼根本不能买——空气里灰尘多，环境杂乱，不安全。还有，要低层也不行，即便安装了防盗窗也不保险。小区最后面的楼靠湖，周围有垂柳，有个露天停车场，多优美。关键是，这个楼还有 5 层可选择。

房主在不远处催促我们：“商量好了吗？到底几号楼，几层？”

姥爷就大声跟他说：“要最后面这幢，5 层。”

“这幢一共6个单元，目前还剩4单元、5单元和6单元有空缺，你选哪个？”房主又问。

“4单元。当然是4单元啊。”姥爷跟过去答复，生怕4单元的房子也卖完了。

妈妈纠结得不知怎么才好。

书上说：人一思考，上帝就发笑。

此刻，是不是上帝也笑了？

妈妈就像正在等待裁决，裁决权在姥爷手中，后悔也罢，认命也罢，一切未知。可是妈妈没法自己选择，就像她一直以来主宰不了自己的命运一样。

为什么不能按照自己的意愿去选择呢？她没有权利。

“这也叫命运吗？”我问。

“也叫。”妈妈想了想说。

姥爷他们坚持说东户好，东为上，要东户。

我们也去西户看了，布局完全一样。屋子里真新鲜真好闻，我喜欢一切干净清新的味道。新房子有白白的墙壁，白白的屋顶，白白的地板。

或许，真正的平淡幸福只有一种：按照自己喜欢的方式，去度过自己想要的人生。

有时，人的第六感是多么准确啊，只不过当时不被认可罢了。人总是忽略自己的第六感，第六感永远在感官之外徘徊。

楼里的细节工程才一天时间就完成了，工人们干活儿像变戏法儿一样快。今天选好了房，明天房间的纱窗就安好了。

妈妈依照姥爷的建议选了东户。这些年，她说哪一件事都依照姥爷他们的意思，不知这样算不算一种孝顺。她自己从来没主见。姥爷他们对妈妈从来就没有放手过，除了那段短暂的婚姻存续期间，他们完全放手。那段时间，妈妈却一次次遭遇家暴。连老奶奶都说了：“嫁出去的闺女，泼出去的水。活是

人家的人，死是人家的鬼。”

听老奶奶说话，感觉就是隔了一个世纪的陌生呢！这些歪理论，是旧社会的产物吗？

后来的后来，我和妈妈才知道，风水学书上是这么说的：东户属阴，西户属阳，住西户好，紫气东来。

哦，还是选错了。

房主领了钥匙，和我们约定了签合同的时间地点。

午后3点，我们把一张40万元的存款单拿到附近一家银行，等和房主见面后签订了购房合同。买卖双方分别摁了手印，写了名字、日期和钱数。然后妈妈把钱转账给了房主，房主交了钥匙给我们，一套新房就是我们的了。

虽说花了不少钱，但我感觉买房子就像魔术一样，一交钱，房子就归你了，崭新崭新的。在我看来，这太神奇，太美好了。

我们重新回到新房里，合计着利用这个暑假快点收拾妥当，秋天开学就能入住了。我的很多同学，他们的房子都是他们的父亲一手买下来的，他们的母亲没有自己去打拼买房的。他们从小就有一个稳定和谐的家。他们总是活泼好动，而我和他们相比是胆小寡言的。有几次我的同学提出到我家去玩，在我姥姥家吃饭。她们知道我没有自己的家，知道我从小就没有父爱。其中有一个同学说，她的妈妈也刚离婚不久，但她家有房子，原因是她父亲回东北去了，把一切留下。

“为什么呢？”有人问。

“因为距离远，房子带不走啊。”那个同学回答。

“哈哈哈……”大家爆发出一串笑声。

姥爷对妈妈说：“房子得收拾一个月。先装上保险窗，然后再卸掉里面的板子门，我们需要分头行动。选什么颜色的门，你得跟我一起去挑。白色的窗台面也要铺上大理石。窗帘呢，你自己去选，这是最后的步骤。这几天呢，我们去找装修的换门，先找人来量尺寸，把墙边也包了。你去买‘好太太’升降衣架，我去给你选炉灶和油烟机……”

接着他又对我说：“林园，你和你姥姥在这儿等着，打扫一下卫生吧。”

他总是风风火火，别人还没考虑好，他就做了决定。

姥爷说完，叫上我妈，急匆匆地下楼了。不一会儿，他叫了安装保险窗的人来了。我一看，原来是我同学的父母，他家做安装门窗的生意。

当时姥姥在刷马桶。我靠墙坐在窗下，想象着电视和书册里那些装修漂亮的小房子，天蓝色或淡米黄的墙壁，木地板，缤纷的吊灯，儿童房间的书桌、书橱、床和玩具熊，还有漂亮的窗帘，真舒心。

安装保险窗的钉枪和电钻声音太吵了，我就去了小区外面的书店，想看看有关装修房间的书，想知道像这样小面积的房子该如何打扮它。

我踮起脚，在一排排书架标签上找到了“家居”的牌子。来看书的人很多，而且是夏天，所以很热。但这影响不了我对布置新家的渴望，那是属于我和妈妈的家。

在一排花花绿绿的图书中，我找到了一本最吸引人的，封面是很漂亮的客厅，这本书很厚。我找了个地方坐了下来，细细品读。

书里的内容很丰富，还有关于风水学的，我看得津津有味，一看就是一个小时。我起身准备站起来时，发觉脚麻了，很不舒服。我又感觉眼前发黑，可能是低头看书久了，我有点晕。这时，我被一只手扶了一下——是我的一个女同学。她家里很有钱，学习很差，但很清高。

“谢谢你。”我说。

“你看什么呢？”她把我手里的书拿过去，随便翻了几页，

“你是要搬新家了吗？哦，对，我想起来了，你没爸爸，一直住在你姥姥家对吧？”

她的话扎得我好痛。我努力挤出微笑：“是，我妈买了新房子。”

“也对啊，你和你妈妈是该买房子了，和老人家住在一起感觉一定很不好，你真可怜。好啦，你自己慢慢看吧。到时记得叫我去温锅啊！”她把书扔给我，我没接住，书掉在了地上。

我一动不动地站着，想着她刚才说的话，委屈极了。良久，我才走出了书店……

我走在路上，无精打采的。单亲的孩子是不是太敏感？敏感使人长成玻璃心，太易碎。因为旁人随口说的一句话，就受了伤。如果真正能做到“不动一丝情感”，是不是就少一些烦恼啊？

等我回来的时候，保险窗已经装好了，同学的父母也走了。我爬上宽大的窗台，我还是第一次认真观看新居窗外的景象。我看到太阳落下去了，火烧云出现在天边，霞光万丈。这样壮丽的景象我第一次看到，我突然就想起一句诗：“雄关漫道真如铁，而今迈步从头越。”昂起头来，我心里有种特别豪迈的感觉。

我相信，太阳明天再升起来，肯定又大又圆又亮！

哦，太阳也像人类一样，会休息吧？以后我就可以早上坐在窗台上看它起床，黄昏看它入睡。

那时我感觉妈妈好厉害，能有钱买房子。那时她很美，身材一级棒，优美的曲线，流畅的弧度，还有青春的脸。如果，她一直是这样，一直这么健康优雅该多好。

把日子过得阳光灿烂，是另一种福祉吧？

四　眼前的苟且

这个小区没有电梯。

房子只是个栖身之所，周围的环境才是关键。

我知道“孟母三迁”的故事，但我们是没有精力折腾住处的。妈妈自己整理收拾太操劳了。

只是付出，所有的付出，背后是什么呢？也许很久后才晓得，那个叫“透支”。

过去不管多美，现在也伤痕累累，白发丛生。妈妈，你说如果你是先知，你决不会做这样的决定，不会选在这里买房子。

如果妈妈你是先知，你不会去透支身体，你不会的事情很多。即便为了我有个安心学习的环境，你也不会疲于奔命。可怜的妈妈，你为何那么命苦，遇不见一个爱你的人，遇不见一个帮助你的人，拯救你于水火之中？你总要靠自己一个人的力量打开一片小天地。你太累了，可为了我，你不能休息。

忙忙碌碌的一个月很快过去，屋子基本收拾妥当。姥爷说新屋里有甲醛，还是晾晾好。我们把所有的窗户打开。等9月我开学时，我跟妈妈迫不及待地入住了。

在新房子的第一个夜晚，我坐在大窗台上。现在的窗台是铺了大理石的，平滑光洁。外面车马喧嚣，县城以五彩的夜色向我致以最初的欢迎。我决定就这么坐一会儿，不要动，等天亮。这也许是我年少时光里极特别的一种心情吧。

我跟妈妈有家了。我想起自己在书店里看的书，新房不能按照我的设想去装修，有点遗憾。妈妈说自己是个普普通通的女人，朴素，不会打扮，也不会装饰房子。许是她从没有过精致生活之故吧，日常生活使她变得粗糙了。她真的没有余钱搞美观的装饰了。现在屋里还没有电视呢，一面影视墙也只简单装修了一下。妈妈选的印花壁纸很雅致，柔和的橘黄调子，让这一面墙很温馨，增加了小客厅的和谐美观。

我没有请同学来温锅，主要是怕被嘲笑。房子面积小，我们又不懂精装。

哦，不想了，不想了，想得星星都眨眼了，想得月亮都溜走了。妈妈还在洗衣服，她穿梭于洗手间和阳台之间，她洗的床单和衣服晾满了升降衣架。她勤快又快乐地忙碌着，像要开始一种全新的生活了。我还是她眼里的小屁孩，看我高兴她就高兴。她经过我那间屋子时就朝我看一眼，我似乎看见她的眼睛里跳出一只只无忧的小兔，它们毛茸茸地奔向我，窗台太高，它们跳不上来。

哈哈，一会儿，妈妈塞过来一只雪白的绵羊，还有一只粉白的海豚。这些都是我的新毛绒玩具啊！

“妈妈，你还要洗一会儿吗？”我问。

“马上就好。”妈妈回答。

一切都是新的，只等我随心摆放安置，只等我各屋走动，只等明天准备就绪。我想放一个未来在我床头，顺便再拽一颗星星下来做伴儿。

“妈妈，你喜欢这套房子了吗？”我之所以这个时候了还会这么问，是觉得妈妈从开始就很被动。

“房子布局还可以，楼层我不喜欢，也不喜欢后面这幢楼。我们又拗不过你姥爷。我真的嫌高啊，年龄大了不想爬楼梯。你看，后面一个湖，夏天蚊子多。总之是不合自己心意啦……”妈妈叹口气，搁下手中的活儿，陪我坐在窗台上。

“是不是很后悔？”我试探着问。

“晚了，没办法。什么都不是自己所愿，像宿命，不可能轻易改变。人是该相信第一感觉的，没有主见是可悲的，有了主见又不能自己做主更是可悲的。毕竟房子是自己住不是别人住，而且是要住很久的……”妈妈说。

妈妈低下头沉思，抬起头，无限憧憬的样子。

她又说：“有的事怎么也像注定了似的，有的努力也是注定了的，听从父母的安排，也算一种孝顺吧……”

我看着她，很夸张地笑了笑。她说我在冷笑。

其实，忙碌了一个月，此时，她好像刚刚缓过神儿来。妈妈说：“主要是花光了所有积蓄，没买到中意的，只能说凑合着吧。”

“这个窗台比一张婴儿的睡床还大，把我的玩具收这儿吧。”我说。

“啊？这里可以晒被子用。林园长大了，不用玩玩具了，把它们挑选一下，不要的就放地下室吧。屋子要保持整洁，本来面积就小，再放上一些东西就没空间了……”妈妈说。

我对毛绒玩具有本能的依赖，我还想买，但我没说出口。

那段时间，我习惯了坐在窗台上，写作业，玩玩具，还有发呆。

我也习惯了独自上学放学，熟悉了那个楼道。那湖面常常波光粼粼，让我联想到有后花园的别墅。住在这里久了，一座楼上的房子陆续住满了，有的邻居也认识了。我发现，这里不像姥爷说的那样环境清幽。等四面八方的陌生人涌进来，慢慢地你就知道了，这个过程有些缓慢，慢得如蜗牛爬行。现在我重新对小区、对我们这座最后面的楼有了认识：住在这里的人形形色色，什么样的都有。

我楼上的邻居是个特别的奶奶。听说她有三个儿子，但都

不照顾她的生活，甚至连春节也不过来。她每天早出晚归，以捡拾废品为生。有时妈妈上去给她送些食品，有时也差使我去。

第一次看见楼上的奶奶，我还不知她的情况。当时我们家正在装窗帘，门是开着的，她站在门口，问我妈妈能否上去帮她开门，说钥匙打不开门了。

于是我和妈妈就跑上楼去给她开门，几下子就开了。妈妈告诉这个奶奶刚才打不开是拧反了方向。我们看到门后是一个简陋的家，妈妈随口就说："哎呀，您还没搬进来住吧？"

"在住啊，分完房就住进来了。东西是俺儿搬上来的。以前拆迁的时候，都在远处租房住。这楼一建好，儿子就把我送来了。没想到住了个六楼，上了年纪爬楼费劲儿，还不太会开门。"楼上的奶奶絮叨着。

那天，我看到了一个简陋的住所。所有的窗户都没挂窗帘，所有的门都是原带的板子门。我着实吃了一惊：怎么会有如此寒酸的家？屋里的摆设与新房子格格不入。小客厅里除了两个马扎，一只插了个"热得快"的旧暖瓶，一个破了口的碗，再没任何东西了。

厨房里没有炉灶，没有餐具，水池边晾着一条裤子。南面有两个卧室。那个带阳台的卧室里空空的，阳台上堆放了满满的废品。另一个有大窗台的卧室，算她比较"富有"的一间屋了。一张大床，铁管的床头，木质的床板，铺盖卷成一个长筒。床脚地板上搁着一台老旧的电视，一台电扇，一只电锅，锅盖也在地板上扣着。地上还有一张污渍斑斑的四脚小桌。一只大纸箱倒扣着放在地上，上面放着馒头、咸菜和一双筷子。

我出门时常遇见楼上的奶奶，她得往外跑，骑一辆旧三轮车去翻垃圾桶，捡拾酒瓶纸盒子。妈妈问她怎么不往地下室放。她说她的那一把钥匙丢了，另一把在大儿子手里，还没见到他人呢。就这样她不断地往楼上拖废品。因为废品经常掉在楼道里，保洁员就有怨言，后来保洁员被气走了。楼上奶奶的屋里废品越积越多，阳台上废品堆得爬上了天花板，客厅也被废品占了大半的面积。楼下的邻居劝她把废品卖了，可是她卖了又捡，她屋里的废品总也卖不完。所以我家的天花板上不定时地传出噪音。最烦恼的是楼上的奶奶总起夜，她的板子门会发出尖锐的吱吱声。

有一回楼上的奶奶在楼道里遇见我，她从塑料袋里摸出两个西红柿给我。我婉言谢绝，但她执意要给，我只好拿了一个。她说："你看你妈多好，前几天给过我白面，前些天给过我香蕉，再前些天给过我蛋糕……你看，我还没给过你们什么呢。"

哎呀，说得我好心酸。

一年后，她重新拥有了地下室的钥匙，就把楼上的废品全卖了，又每天不断地往地下室运才捡的废品。很快地下室就堆得满满当当，连个人也站不进去，废品都堵到了门口。收废品的人还嫌她的东西不好，总给她压价，竟压到纸箱一角钱一斤。于是她抱怨说白卖了一大堆，也值不了两块钱。

她的地下室好难闻，她一打开门就酸臭扑鼻；不开也能闻见，开了简直没法呼吸。夏天是最难过的，苍蝇知道里面有它们喜爱的"好东西"，所以楼道和地下室门口聚满了苍蝇。人一走过去，它们嗡嗡四散乱撞。她的地下室紧紧挨着我家的，两扇门形成九十度角。若她开门，我们就开不了；若我家开门，她就得等待。而妈妈经常在地下室通道碰上她，每次妈妈都为她心酸。妈妈愿意笑着和那个奶奶说话，她觉得这是一种尊重。妈妈希望那个奶奶多拾到废品，那样那个奶奶或许就能多买一个馒头。当其他人抱怨苍蝇和味道时，妈妈告诉我："咱不这么做，如果不是生活窘迫，谁会去拾废品？用仁慈和怜悯待人看事吧。"

妈妈说得对，我们理当以理解的眼光待人接物。楼上的奶

奶收下我们的物品，也想着回报我们。妈妈怎能要她的东西？但妈妈有时会象征性地接受一下。比如楼上的奶奶买了几个西红柿，买了一斤蛋糕，买了几个玉米，她就会掏出一些来塞给妈妈。妈妈说："不用给我了，我也买了。"她执意要给，妈妈就收下一个。楼上的奶奶看妈妈不嫌弃，就很开心，脸笑成一朵花。

楼上奶奶的门吱吱叫，妈妈失眠了，夜是很难熬的。妈妈几次上楼为她的门上油，能管几天用，后来照旧。

再后来，楼上的奶奶开着门睡就没声音了。

春节，外面烟花绚烂，楼上奶奶的窗户是黑的，她在干什么呢？

妈妈派我给她送盘水饺，我看到一个青年在那个奶奶的屋里抽烟。那个奶奶笑着说："我小儿子回来了。"

哦！

我心里很拧巴，把这事告诉妈妈。

妈妈说我们不能轻易敲门送东西了，这样不方便了，因为有时善意也被误解。

我觉得有道理。

有几天，我没遇到楼上的奶奶，原来她病了。

当妈妈再次看见她时，那个奶奶愁眉苦脸的，正费力地上楼，手里提着四个大包子。楼上的奶奶告诉我妈妈说："小儿子在家睡觉呢，我上街买包子给他吃……"

妈妈的心疼了一下，回来讲给我听。儿子二十来岁了，还让拾废品的母亲养，何况她还生病了。

有邻居说："可怜的人，怎么生了三个那样不孝的儿子啊！"

好母亲一般心肠都软，软得卑微，都顾不得自己的处境。

我看过一个故事，讲的是一个母亲为了养活三个孩子去偷面包，被店主告上法庭。令人欣慰的是那个母亲遇上了一个有大爱的人，并且感动了在场的所有人，包括法官，他解救了这个母亲，也解救了所有人的灵魂。

这是一个关于救赎的故事，看过的人都落泪，接受了心灵的洗礼。我想说的是，这个故事说明了一个道理：社会生活的交往，有精神契约。善，不只是一种与冷漠、奸诈、残忍、自私自利相对的品质，而且是一种精神契约。

马克·吐温说过：“善良，是一种世界通用的语言，它可以使盲人感到，聋子闻到。”

是的，人生在世，谁都有可能遭遇危困，成为弱者。人心只有向善，才能被阳光照耀，所以善的契约才在世界普遍存在。

妈妈曾说：“善良，是做人的根本，这需要一颗坚韧的心。”

正直、善良、诚实是美德，请去尊重身边的每一个人，多说“谢谢”和“请”。不管地位身份如何，这是做人起码的礼貌，但实际生活中并非人人都那么自觉。

一天，我们突然听见楼上有什么东西碎裂了，是瓷器或玻璃质地的东西。隔了我们一天才知道，楼上奶奶的大儿子也来了，和她小儿子打架呢，把暖瓶摔碎了。

唉，我见过那只暖瓶。那是她唯一的暖瓶。它仿佛还站在小客厅的那个角落里，里面空空的。

如此看来，眼前的苟且，似乎又不单是我一个人的。

五 宽 恕

生活需要不断地宽恕，不断地原谅，还有不断地扬弃。

日常生活注定有失望和过多的无奈。纯粹的人注定艰难，种种琐事陈述着日子的庸俗。人在平凡里注定是不怎么挑剔的，贫困的日子不允许人挑剔。

是的，我深切地感到，人在某种环境下，有时会显得过分渺小，不能触及梦想。直白地说，就是人时常被环境所左右。

我和妈妈都认为，住到这里，会有一个美好的未来，甚至意味着新生。虽然这并不是如妈妈所愿选择的楼层和单元，但她相信一切小遗憾都能随时间消失，而真正的现实从来都不是哪个渺小的人能掌控的。因为现实不是浪漫影片里的诗意和远方，有时它是利益的算计，有时也会暴露出不怀好意的人的劣根性。

许多时候，走在所住的小区里，我都觉得这是一场梦，或是我的想象。每当放学后，我抬头远望，落日平静地向楼房招手。一天又过去了，我在每一天的黄昏确认着方向。妈妈说太阳落山的位置是西面。我的每一天都像被太阳透视过，似乎它见到我贫乏的一天。夕阳让我回味良久。

多么美好啊！

我联想到草原上人与大地天空、与马群羊群融为一体的美妙。心中的欢喜被放大了数倍，豪迈流淌，奔涌澎湃，生命中的若干节点，似乎历经百转千回，一并融入晚霞里去了。

这样真好！去大草原是我的一个梦想。如果它无限宽广，可以把我放置在草原的任何一处；如果岁月也无限长远，那么我愿在岁月里的任何一刻。而我现在，只在这里，在当下。

我越发意识到这个小区的芜杂，妈妈应当比我体会得更深切。本来这个小区没有天然气管道。有一年多的时间每个月妈妈都要提着煤气罐充气两次。上班的时候她就把煤气罐放在电动车的脚踏板上，带去充气，下班后再把它提上来。充的气贵却总是给不够量，而且不好用，炒个豆角半小时也不熟烂。于是妈妈间或用电磁炉。但电磁炉不耐用，修了两次，最后一次修理费五十元，插一下电又坏了。妈妈就放弃用电磁炉了。

不久，她想到联系一家燃气厂，看他们能否为小区装上天然气管道。经过再三沟通，燃气厂答应来小区考察。燃气厂考察之后确认可以安装，就让我妈联系用户，说一幢楼不得少于多少户，否则不予安装。

燃气厂承诺三个月内整个小区的天然气管道安装完毕。十几幢楼，每幢楼都有个操心的人负责收钱并把钱存进银行，再把存单送燃气厂，签合同。妈妈前前后后用了半个月，才把户数凑够。也许她觉得作为县里的一个政协委员，为小区服务是应该的。即使她被有的人误会，以为她在中间有什么提成，以为她跟燃气厂有关系，她也要去做。面对住户们的反复提问，妈妈只说："一个人提着个煤气罐上楼下楼，跑到远处去买太费劲了，不如有天然气方便。现在很多小区一建成就带着了，多好啊！可我们现在还得自己去努力，跑去咨询。"

她就是那么实在。那些天我都有了错觉，见她忙得不亦乐乎，感觉她终于喜欢上了这个小区，爱上了这幢楼。三个月零一周时，整个小区通上气了，大家才知道天然气的便捷："可不再提个沉重的罐子灌气了！省心了。"

我猜那会儿妈妈的心情是舒畅的，或许还觉得自己像个楼

长一样威风。因为统计安装户，她记下了一幢楼上所有用气人的手机号，并且自己打印出来几份交给燃气厂留底。有几家也问了妈妈的手机号，仿佛通过这件事，彼此忽然熟络了，相遇时话也多了。

久了，一些人相互知道了身份，或者说是“底细”。有的是来租房子住，打零工；有的做小本生意，比如卖水果或烤地瓜，比如修自行车，比如卖文具，再比如炒瓜子花生……当然这都是比较体面的生意了，可以有一份足够温饱的收入。也有清洁工、捡垃圾的、开地下门诊的、游手好闲的……

他们来自四面八方，不同阶层。楼里也有几家在很体面的单位工作的，不知怎么就把房子买到这儿了。有段时间有几户人家电动车的电瓶被人偷了，楼上捡废品的奶奶的旧三轮车也被偷了。

车没了，她步行去捡拾，背着尼龙袋，不断运进运出她的“宝贝”。废品总是堆满一屋子，时刻散发出腐烂的气息。

地下室不朝阳，在北面，本来就很潮湿。

人们去地下室总是掩着鼻子，埋怨捡废品的奶奶。其实最受影响的是我们家，我们两家地下室的门距离最近，这个奶奶又住在我家楼上。可妈妈说住在这里就这条件，富有的人一般都买了高层了，她也是可怜人，我们不能埋怨。

住在此处就是如此芜杂？事实证明妈妈的担忧和犹豫是对的。在拿不定主意买不买时，是第六感在做主，在提示你“别买”，别把自己变成“阴影”的一部分。可谁又能为妈妈内在的忧虑买单呢？只有我——一个比她还弱小的孩子，见证了一切。简单说在这里住是被动的。

有多少次，半夜里楼上突然传来巨响，仿佛巨大的石头掉下来了，就要击穿屋顶。有时，那声音像是连续用铁锤砸向地面，响极了。我和妈妈时常因为这些声音同时惊醒，这很无奈。

妈妈白天仔细看向屋顶，她看到几条细长的裂缝，不无担心地跟我说："哎呀，真怕屋顶会塌了，好可怕。"

我捧腹大笑，如此说来这楼盖得也太差劲了吧。我就劝慰她说："别怕妈妈，可能是粉刷得不好，屋顶不会掉下来的。"

还有，先前也说过了，楼上奶奶的门晚上叫得欢。那阵子妈妈实在忍不住了，白天时跑上去给她的门刷植物油。刷上管用了，后来又叫，是门轴生锈了，妈妈又去刷了几次。但不能老往人家家里跑，这是妈妈赔了多次笑脸，以讨好的方式换来的刷油机会。门再叫的时候，我们真的是没办法了。我们跟自己说要忽略那声音，但那种声音自己就往耳朵眼里钻。这叫我想到故事里讲的蛐蜒，爬到耳朵里去人就给折磨坏了。

但是又有什么更好的办法呢？至今我们还未想出来，至今还饱受噪声的折磨。妈妈说选择住房，犹如人生下个赌注。金钱与环境，环境与命运，相互作用，相互影响。

我们没有能力再重新来过，房子好买却不好卖，住一年也算二手房。为房子投入相当的物力精力，卖时还要折价。赔的不只是财力和体力，最重要的是时间。人生苦短，折腾不起。一些事对我的影响还很小，对妈妈来说却很大很深。一些事看似与你无关，却又实在地伤害了你，因为它的影响无处不在。

小区的偷盗事件时有发生，由于大家交了物业费，就反映到物业处。物业处的人在一个大门处安装了摄像头，但这个大门平时不常开，除非有婚车进来。他们在楼群中间也安了一个摄像头。另一个常年敞开的大门门卫处招聘了三个人轮流值班。小区好像安定了一阵子。

毕竟摄像头就两个，我们这幢后面的楼根本拍不到，所以盗贼就选择了这幢楼。那个夏夜，我们这个单元发生了入室盗窃案。不知有没有人报警，反正第二天一早就听见楼下几个人在嚷嚷，后来我们才知道发生了这事。二楼三楼的住户家里都进去盗贼了，钱倒是没被偷，只偷走了他们的手机，竟然没一个人醒来发觉有人潜入室内，真是奇怪。邻居都睡得那么踏实，而我妈妈一夜醒几次，甚至一夜无眠。谁也不知二楼三楼发生了什么。那几家，没有安保险窗，盗贼才易得手。想到这儿，我心下一惊，又听说保险窗只是薄薄一层皮儿，用工具一割就断。

听说偷盗的事情后，我和妈妈惊慌地向外看着，看到了和平时一样平静的湖面，有几个人在岸边垂钓。湖边经常有人钓鱼，收获还不少，钓几条两三斤的鱼没问题。对面高层住宅的物业处，那年撒了不少鱼苗在湖里，也没人喂养。人们钓上鱼来，我才晓得里面的鱼苗已长到那么大，好神奇。

我们这个楼道，三楼东户和六楼西户的人都会钓鱼。他们两家年轻的爸爸经常钓上几条大鲤鱼，孩子们则经常惊喜地大叫：“又一条，又一条！吃鱼喽！”

那样的欢叫感染了我，我也跟着快乐起来。我看见一个男孩把几条鱼提上楼，鱼的嘴巴和鳃在翕动。它们肚子鼓鼓的，似乎里面盛了太多空气。我盯着它们，男孩在敲门。我猜想他家的门就要开了，他在向我炫耀它们。这几条鱼的鳞片银白，湖里的波纹在它们身上好像还未消失。

那些鱼儿真可爱，我拯救不了它们，它们好不容易长到那么大，在湖里游得开心自在，突然却要成为人的腹中餐。湖里的鱼渐渐少了。钓鱼的人也渐渐少了。有时他们钓上巴掌大的小鱼。渐渐地，湖里没了鱼，仿佛一潭死水，没了生机。

妈妈想，虽发生过偷盗事件，但还得将就住下去。我说咱们换个高层，搬走吧。妈妈说：“搬个家实在太难了，没个一两年时间真是收拾不好，费心费力。你还说买高层，买不起啊，我没有那么多钱。”

现实中，每个人都在书写着自己的人生，说不准哪一笔就写错了。当黑白混淆，我宁愿相信灰色调。变化永远比计划快许多，我不想再随意开口，不想再随意坐在窗台上看星星，我怕方向模糊，我怕梦想不再立体。

这个年龄段的我，喜欢 TFBOYS，他们是我的偶像。

妈妈说这一点儿也不可笑，有崇拜学习的对象总是好的，人往高处走，学习偶像是为了更好地实现个人价值。

我知道我生活在底层，对明星的崇拜只是我年少的情怀。我的心轻易就被明星俘获，全然忘了我的生活层面。盲目崇拜是不行的，但盲目崇拜不单是我，而是一群人正在做的。

我的同龄人因迷恋明星而显出与实际年龄不相符的情绪，浓郁的忧愁萦绕在一张张青涩羞赧的脸上。模仿成年人装出的

老练会被一眼识破。忘我投入的追星在成年人看来是对时间最大的荒废，我的同龄人们却浑然不觉。追星族乃是人生观和价值观不成熟的表现。

我收集小明星们的明信片，买有他们图像的文具，包括书籍和书包，以及钥匙扣、发带、钱包和首饰，妈妈一律不怎么喜欢，但也不反对。

我向妈妈描述小明星们的爱好，就像在说和自己密切相关的事。我讲他们时，眼里放出一种光芒，清澈明亮，妈妈不忍拒绝，不忍打击。她欢喜着我的欢喜，忧伤着我的忧伤。

但妈妈也说明白了，我们生活在县城，没有影视基地，要当个群众小演员也没机会，只有学好文化课，把自己变得强大，考上名牌大学，才能离自己的梦想更近，才有实现梦想的机会。

她还说："必要的时候，通往梦想的路是需要拐个弯的，这也是上苍对人的考验。生活在底层不可怕，就算是用蜗牛爬行的速度，也能抵达终点。怕就怕人穷志短，不思进取。那样，人就永远在底层，人生的价值也就无从实现。给自己一个努力的方向吧！还有什么比追求梦想更让人振奋的呢？记住，林园，人不要做行动的矮子。人要务实。务实，你懂吗？你别总是异想天开。"

成长的路上，我又让妈妈操心了。我有了新问题，有了新认识。为自己的平凡伤悲，为自己的身世苦恼。我还没有特别懂事，不可能顾及妈妈的感受。

我是叛逆了，可我管不住我心里的小鹿。

当一个人无法选择过什么样的生活时，只有保证起码的生存基础，才能活下去，才能更好地创造新生活。

一个女人有了身份与性别界定，她就是一个陀螺。她很累了，过早透支了健康，却停不下来。这几年，妈妈患了失眠症，无法顺利入睡了。

这太可怕了。

我知道，她遭遇了一些不公平的对待，比如被排挤被误解，还遭遇了一些恶意骚扰……

成人的世界有时如此可怕。

小学六年级时，老师在思想品德课上，都讲过关于陌生人、性骚扰、色狼的问题。老师也说了，遇到坏人要往人多的地方跑，要大声呼救，要叫行人“爸爸”或“妈妈”，总之要见机行事。

但没料到楼里很快就出现了一个不可理喻的人。这人想方设法制造在楼道和妈妈相遇的机会。我们只要一开门就看见他一脸奸笑，站在楼梯下的平台上，而且他恰巧能看到我家客厅。这让我们很反感，作为邻居，又不好跟他说什么，只好装作什么不知道的模样跟他问好，打招呼。最严重的时候，是妈妈低头不看他，侧身挤过他站立的地方。兴许他心里做着热情无畏的挑战吧，他问妈妈去哪里。妈妈只沉闷地嗯一声就下楼了。她想以这种方式让他自觉无趣而退缩。

但这是不可能的。妈妈出门总像在逃避什么。她尽可能地快速上下楼，显然是在躲避不想遇到的人。她无法说出口，又不能吵架，妈妈就以这样的方式，忍耐着躲闪了一年半。而口角突然爆发，是矛盾在一个人心里长久累积的结果，摩擦再也不可避免地发生了。

我一直在想，一个人需要多大的忍耐和勇气，才能做到低调和谦卑？我觉得，真正强大的人不会轻易鄙视任何人。这个老男人从一开始就鄙视我们，他几次问我妈妈：“你对象在哪里？怎么没见你对象呢？”好奇心很重，起码的礼貌都不顾了，总要打探别人的隐私。这样是不是很不好？后来有段时间他外出打工了，楼道里清静许多。

春节前的某一天晚上，我和妈妈从外面吃饭回来，他就站在我家门口抽烟。在这之前的几天里，我家门前不断地出现烟

蒂，屋里烟味也很浓，因为洗手间的窗口正对着楼道。我们知道是那个男人回来了，他的咳嗽声证实了他在抽烟，妈妈就把窗户关上了。那天晚上我们一上楼，就看见他站在我家门口的楼梯上阴险地坏笑。妈妈只是温和地告诉他别在这儿抽烟，可以打开楼道窗户在窗口处抽。

他愠怒地盯着妈妈，一步步走下台阶，伸手就推了妈妈。若不是身后是面墙，她肯定倒地了。我吓哭了，我真的怕他动手，我们是打不过他的。我的哭声引来几个邻居，几个中年阿姨前来劝架，所有人都听见了男人和妈妈的对话。男人的老婆和儿媳也跑下楼梯，要挠妈妈的脸。她们的嗓门好高，感觉能把楼顶掀起来了。

有理不在声高。我们输了。我们用了最大的力气，也比不过他们一家人的声音。我们不想说话了，知道说什么也没用，知道邻居们看的只是笑话。他儿媳吵起架来很凶，她挣扎着要来打妈妈，用恶毒的语言骂妈妈。

汉语的表达能力真强，而且骂起来特有力量。你的耳朵在那里，不得不听；你的眼睛在那里，不得不看。我又哭了，我在人群里显得渺小又微不足道。对方气焰嚣张，我感觉这场力量悬殊的斗争里我们注定是失败的一方，落魄、无奈、惊恐、愤怒……是我们当时的心情。

这件事情的结局是我们输了。是的，我们总要输的。妈妈何时赢过呢？她的人生一直在输，在忍让，在委屈中挣扎。

在这几年里，我懂得了一些为人处世的道理，或者说是生活的哲理。人不仅要生活，还应当有质量地生活。走好人生每一步，有了新同学，莫忘老同学，也不与任何同学计较。当受到嘲笑时，保持平和的心态，不生气，睡好觉。要顽强地前行，不虚伪不矫饰，坦诚，不怕说抱歉。时常自省，不企求别人同情，不企盼生活公平。原谅无理取闹的人，懂得宽恕，积极获取正能量。

作为一个单亲家庭的孩子，我忽略掉一些事物，也更在乎一些事物。因为我最终明白了，人与人所站的是一个个高低不齐的平台。我唯一能做的，就是坚定自己的信念，放眼未来，给心灵留一处温柔的空间。

那时候，我特别喜欢听薛之谦唱的一首歌——《花儿和少年》。我打开电脑让它单曲循环：“眼泪蒸发成盐，伤口磨灭成茧，新将旧的封缄，痛替伤口消炎……光阴还在原点……”仿佛它代表了一种心境，一个时段，还有一种对梦想的追求。

够善良能宽恕，胸襟才足够开阔。我想，通过这一系列事件，我不能再叛逆了。但我还不够聪明懂事，不够用功。没有同情心的人，没有道德底线，肆意行事，欺负弱者，妈妈和我当时多无助啊！

会说话是一门学问，有分寸才是修养。

这些都是善良的基石。

六 留 白

生活是留白的艺术。

六年级的一天，亲爱的数学老师走了。

数学老师是给我们上完最后一节课才走的。

她在黑板上写了一段话：“孩子们，每一个人都是自我生命的艺术家，可以彩绘自己的人生世界；每一个人都是自我生命的工程师，可以塑造自我的美好形象。冷静是智慧的门户，勤劳是成功的种子，感恩是幸福的泉源。继续阳光下去吧！改正缺点，凡事坚持到底，你会闪闪发光的！老师企盼着那一天。现在我去别处工作了，你们要努力，要加油！”

我们哭了。很多同学的日记里，写有老师对自己的关心。大家一致认为：老师，您的心思细腻像母亲，您的干练气质，好像一位父亲……

“调工作了呢，很仓促是吧？老师也是才得知消息。”老师说。

全班都问：“啊？为什么啊？”

“希望以后不论是在学习还是生活中，你们和新老师能够成为朋友，听从新老师的安排，不要调皮。希望你们天天向上！加油！我等着你们的好消息！”老师又补充说。

班里瞬间安静下来。

同学们此刻就像河里的河蚌，紧闭着嘴，泡泡也不吐一个。

数学老师就像我们的朋友。我们不怕她，但很尊敬她。她让我们感到愉悦。她善解人意，善良阳光……现在她突然走了，我感觉我有好多话没跟她说，感觉一个个细微的、隐痛的以及有深度的念头，全被提起，又猛然抛向地面，碎裂了。

时间静止了几秒，突然全班响起清脆的掌声。

这是我“小时代”的一部分，注定被遗忘。

老师，还记得第二次家长会吗？语文老师让我们活动课上折了两只纸篮子，要我们送给爸爸妈妈。您想了一会儿，看了我一眼，说：“孩子们，这一次的纸篮子都送给我们的妈妈好不好，以表达我们对真挚母爱的感谢。”

我知道，您是为了我才做了这样的决定。当时全班一片哗然，因为大多数来开家长会的都是爸爸。您没有丝毫动摇，眼神坚定地说：“爸爸来开家长会的，可以自己收下一只篮子，把另一只篮子带回去给孩子的妈妈。妈妈来的话，就能自己收下了。让我们以这种方式致敬无私的母爱吧！”

班里一阵笑声。您这样说真贴心。您冲我很调皮地眨眨眼，我回了您一个微笑。

一切都历历在目。

老师，您和我们说过，教育的最大目的是促进个性发展，教育的最终目的是让受教育者完成“自我”，把自我推向一个“至善”的境界，成为“完人”远比成为“专才”更重要，因为后者只不过是优良的工具。

我以为在学校只会学到课本上的知识，可您又教给我一些人生哲理。您时常在课堂上提问我，防止我走神，我的数学成绩才特别突出。我们彼此都很明白，这种关怀也默默地发光，陪我走过了那些温暖的时光。老师，我还得听您给我讲道理呢，还等您给我们上课呢，我们需要您……

您还教育我们说：“和勤奋的人在一起，你不会懒惰；和积极的人在一起，你不会消沉。和谁在一起很重要，会改变一

个人的成长轨迹。所以，同学们，你们一定要勤奋，做个正能量的人，争取实现自己的梦想……”

您又说：“跟着苍蝇找厕所，跟着蜜蜂找花朵，跟着富翁挣大钱，跟着乞丐就要饭。”

然后全班哈哈大笑，老师您真幽默。

人多么能接受暗示啊，积极向上的暗示，可以使人进取，催人奋进。难怪有人早已下了定论，说人生有三大幸运：上学时遇到一个好老师，工作时遇到一个好领导，成家时遇到一个好伴侣。

是啊，生活的路本就不太长，你和谁在一起，是多么关键啊！

妈妈说：“变化是常态。你该为你的老师祝福才对啊，不要哭啊！”

不是所有人都可以掏心掏肺地教导我。路过的是景，擦肩的是客。不管是朋友、亲人还是陌生人，只要是在乎我的人，今后我都会加倍珍惜！

回忆中断，数学老师和我们在前进的路上分了手。

人与人总要分开，要别离。人和人走着走着就散了，留下一个个或深或浅的痕迹。

比如我的同学L，一次去我家吃饭，趁我不备拿走了我的计算器。因为平时不用，很久之后，直到她在学校里还给我，我才想起它来。

她说是她不小心放进书包里的，总之现在要还我了。

可怜的计算器，已被弄坏了啊，用“面目全非”形容一点儿不为过。它脏兮兮的，像刚从垃圾堆里被翻出来，散发着令人讨厌的味道。这哪里是我那干干净净的计算器啊！

的确，我不确定该如何处置它了。于是我说：“送给你了吧，它和你有缘呢。你看，我刚买了三天，崭新崭新的，你就喜欢上了，真的送你了呢。”

可是L不要了。她说她妈发现了，她妈让她道歉。L说：“我错了，不该偷拿你的东西，真的要还给你了。”

唉。

弃之可惜，因为这是姥爷送我的小礼物，留下又不想再用。后来我把它放在了地下室，永远不想再碰触。我知道这有点“残忍”，却觉得这件事具有特殊的教育意义。

妈妈说我做得对，我给同学留了余地，这个“余地”是面子。

我记得这教导，留几分余地于人。对需要帮助的人施以援手，不要因为别人的过失而改变自己对现实的认知。

因为每个人经历不同，对人的方式也不同。不被善待的人最懂善良和感恩。我在一些岁月里活得矜持小心，唯恐失去。人的情感，有多细腻、多深刻，人对事物有多在乎，失去时就有多疼痛。

有时，人的习性是惯出来的。你总是让步，若有一次拒绝，就有人说你不够意思，推翻了你之前所有的好。

虽然我原谅了L，她对我的态度却从此不自然起来。那件事过去就过去了，我根本没在意。而她找了个莫名其妙的理由，说要和我“绝交”。

那时候班里有两个同学在互递纸条，写一些不知天高地厚的话，我们都觉得他们“早恋”了。我们还不小心看了他们的纸条，上面写着：“我们永不绝交，永不分开，直到地老天荒。”

从此大家就学会了一个词叫“绝交”。在全班的笑声中，那张曝光的纸条被当事人撕碎了……

现在L突然说“绝交”，的确让人费解。对于费解的事，我的态度是不去思考，是忽略。

语文要考试了，L把课本抱在胸前问我：“喂，敢不敢打个赌啊？”

“为什么打赌？”我不明白她又想干什么。

“就赌下午的语文考试，我准能比你考得高！”她微微扬起下巴，一副自信满满的样子。

“为什么？”我问。

“我要是考得过你就不绝交了，要是考不过你，就送你瓶葡萄味的饮料，如何？”L说。

“你可真有意思呢。”

“有意思吧？”

“没意思。”

“你真是胆小鬼。”

“算了，算了，我不想和你吵，没意思啊。”

“喂，你想绝交吗？”

我不回答。无所谓，随她怎么说，的确没意思。我不会斗嘴，真的没意义。妈妈常说：“跟懂你的人不需要解释，跟不懂你的人不必解释。”

另一个同学N说：“林园，我搞不明白，你怎么就不敢跟她吵一架。你真懦弱，我也是无语了……”

“不是，我真的不适合吵架，我不喜欢吵。”我说。

“那你就被人欺负吧！以后谁知道还会碰上什么人？这个社会啊，复杂得很！该吵的吵，别跟自己过不去，要学着以牙还牙。别再给我上课，我觉得你那一套，在小说里才有。现实社会就是江湖，江湖，你懂吗？必须活得坚强有力，谁惹我，我跟谁急！现在她要跟你绝交了，我看这种人也不值得交往，绝交就绝交，没什么大不了，当白认识一场得了。同学又如何，人品不好就不交往。”N接着说。

N的一席话，说得好深入，我第一次感觉她那么成熟，比我深刻得多。

后来，我把这段小经历写进日记里，总结了一下，感慨了一番。下面这段关于朋友的话我是背熟了的：

朋友不分男女，开心就行；
朋友不分高矮，聊得来就行；
朋友不分远近，心里有就行；
朋友不分美丑，能见人就行；
朋友不分富贫，有难同当就行。
不管到哪，有难时可以伸出手帮你，
不会为一点儿小事而斤斤计较，
这才叫朋友。

一天过去了，又一天过去了，我相信一切都会过去的。

一场闹剧在我的沉默里收尾。

经历过被邻居骚扰谩骂，我对成人的世界有些恐惧。大人们口口声声说“热爱生活”，说“生活美好”，可现实是这样子吗？笃思慎行，不该让底线被随意践踏。我在学校里也学过一句话：“人善被人欺。”

于是那天我就从书上摘抄了一句话写在本子上，故意打开本子，放在妈妈桌上。我感觉这句话极对：“感性和理性碰撞，善良和冷漠分驰。无论现在，还是将来，只愿我们的善良有处安放。”

其实这句话正符合妈妈当时的心情。如果可以，我多想离开这个小区，离开这个地方啊。遇见爱和快乐，才不枉平日修行啊。

书上说：女儿要富养。

妈妈那几年很穷，因为离婚，她连住房也被抢，一切光光的。她的工资少得可怜，富养女儿是不可能的。书上还说：若从小生活在一个资源贫乏的环境，眼界不开阔，物质不丰富，为吃穿操劳，格局哪能大？

妈妈说：“先天的条件有限，我们要努力。有的人很富有，

却也未必有大格局。环境的确能影响人，你要是一棵树，就不与草争，不计较得失。有大的包容，大的忍耐，大的视野，才能参悟人生，原谅一些事情。”

这些大道理不是我这个小孩能参透的，不过我记住她的话了。所以我才不在乎同学的恶作剧。妈妈说过：“你们毕业照一拍，终生再不可能聚得这么全了。当时散场不觉得什么，其实合影很珍贵。几年后，你们上了高中，读了大学，有些人中途而退，大家各奔前程，真的再不可能有聚得这么全的时候了。”

深感秋意渐凉。

留白，是中国传统艺术中的表现手法。国画运用留白手法表达高远的意境。留白通过视觉给心灵以遐想。这是个多考究的词语啊！它给人以想象的空间。

我承认，我是在等待一个人出现，当我的父亲，弥补我童年的缺憾，少年的空虚叛逆，还有青春的迷茫。但，他在哪里？世上会有这么一个人吗？人海茫茫。

中国水墨丹青的精彩在于“留白”，音乐的魅力在于“留白”，文学作品给读者的思考在于“留白”。它适用于任何一种关系，一件事物，一份情感。

妈妈说过：“人生没有极致，适当留白才接近真相。”

谁会去在意一个不幸的女人和一个女孩呢？是的，人有时是自私的，往往追逐自我幸福，却不关心别人的困难。幸福的人时常乐开怀。

幸福的家更有凝聚力，在他们的幸福里，会有好闻的味道。缘分极深的人才能走到一起，是吧？我心生羡慕，是的，我想大声喊：“你们真好！”

我的“留白”太多、太久了啊！妈妈也是，一个弱女子，还能怎样？

我在心里给自己说了好几次：“和你们怎么比？风雨中的

放学路上，一个一个同学的身影，经过我身旁，那些爸爸打着伞，开着车接孩子。我执拗地走着，不让妈妈来接。我的虚荣心在作祟，妈妈没有车，我怕同学看不起我……”

其实，在我内心深处，我也不忍看她四处奔波，匆匆上班，匆匆回家，匆匆出行。我躲在洗手间流泪，擦鼻涕，装成洗脸的样子。我看着镜子里自己红肿的眼睛，突然对同学们有了莫名的小小的嫉妒，虽然这不好，我一向也不喜欢嫉妒。

对“家”这个概念认识深入的人，会懂得它绝不仅是一男一女、丈夫妻子的问题，而是两个人创造了第三个生命，是责任，是成全，是真爱。

妈妈的手机响了，铃声是臧天朔的《朋友》，磁性苍凉的歌声循环播放：“朋友啊朋友，你可曾想起了我，如果你正享受幸福，请你忘记我；朋友啊朋友，你可曾记起了我，如果你正承受不幸，请你告诉我……”

这首歌让我的眼泪肆意流淌。它使我想起L说的“绝交”，“绝交”这个词如一把锥子，扎得我很痛。

人和人来来往往，似流水般匆匆。谁肯关注你内心的需要呢?

看别人的幸福都耀眼。书上说幸福的家庭都相似，不幸的各有各的不幸。

我擦了几张纸巾的鼻涕，一下子成了多愁善感的小羊。

小姨的女儿叫毛毛，是个小学生。毛毛是自小备受宠爱和关注的小孩。她有柔软细密的长发，有张小明星般的脸蛋，大眼睛双眼皮。一个人的幸福别人一眼就能看清楚。

毛毛在家里是个小公主。有爷爷奶奶的爱，有姥爷姥姥的爱。小姨和毛毛脸上色泽透亮，光彩照人，一个美少妇，一个小美女。妈妈说了，一个女人幸不幸福，都写在脸上了。

真对！你看小姨一家，满满的正能量呢！舅舅一家三口也是如此。感觉他们的幸福若用敞口大瓶子来装，一不小心就会溢出来，在阳光下闪烁。

毛毛喜欢读课外书，小姨也鼓励她读，给她买了几套当下儿童文学作家的作品。毛毛很享受读课外书的美好时光。

这是安静的时候，不安静的时候毛毛就画画。小姨父给她买了好几盒水彩笔放在姥姥家，方便她用。书上，墙上，门上，衣柜上，甚至马桶上，她都画了。家里没人敢说她，姥爷也不敢。换成是我乱画，他早骂我了。这就是有没有父爱的差别，毛毛有个好爸爸，谁敢欺负她？姥爷有个好女婿，小姨嫁个好丈夫。姥姥说：“你小姨父是咱们上眼皮的客。”

那意思是格外器重他。我明白，姥姥看他们的笑意里有掩饰不住的开心。小姨一家从姥姥家走时，姥姥每每送他们到楼下，说了再见，还站在那里直到看车拐了弯。扭过头来，看见我和妈妈，姥姥又没了笑脸。

聚会是我心头最百感交集的时候。有爸妈恩爱的小家，真棒。

有时看着他们都开车走了，我和妈妈回姥姥家洗碗，或者骑自行车走。你知道吗？我好想对着他们车驶去的方向大喊：“幸福的人永远不会绝交！”

是啊，幸福的人总愿意与幸福的人来往，他们在同一个平台上。

在幸福的人看来，落魄的人和他们交往起来有点尴尬，有点自卑。我又一次感觉被抛弃了，被抛弃在沙漠里，身后是沙尘暴，眼前是走不出的沙海，我无依无靠，孤零零的。

妈妈这几年来拼命工作，为的就是想让我过得好点儿。希望我抓紧时间学习，不放过每一分每一秒，出人头地。我要坚持，永不放弃努力。

我在人前是笑着的，他们都以为我是个乖小孩。得到与失去，对我来说，是生活的常态，就像儿时学走路，跌倒了自己爬起来。

泰戈尔曾写道：“你的负担将变成礼物，你受的苦将照亮你的路。”

但愿如此。

我无法穿越回去，无法还原成父母各自身体里的细胞。其实，女性的爱很柔弱。有力量的父爱，是我一生的空白。从我

出生的那一秒起，父爱就与我绝交了。只能说，天下并非所有的父母，都是爱孩子的，关键是一个人有没有良知。

妈妈对我耳提面命，老师对我耳提面命。我从表妹身上，看到了那个天真烂漫、若隐若现的我。童年，终究消失于时光的原野上了。

所以，我注定要跟从前说“绝交”。N说得对，人是要活得坚强有力。翻篇，我要的不是“再见”，再见时也不要想念。

当一切支离破碎都不存在了，那么，心情也阳光了。

七　随梦去旅行

偶尔，我会做很长很长的梦，真切，有温度，神秘又奇怪。醒来我感觉不可思议。我听说，最长的梦不过八秒。

我的梦多长呢?

妈妈说，心有多宽，梦有多长。

我幻想过无数次这样的场景：我出生在一个富有的书香门第，家人都很爱我。我也无数次幻想一个好男人给我们撑起一片爱的天空。他愿意当妈妈的伴侣，愿意当我的父亲。他温和有修养，闲暇的时候可以带我和妈妈去旅行……

可是，每次梦醒的时候总有雨打湿我的眼睛，风吹走我的希望。这让我很恐慌，人生兜兜转转，爱的晴雨表是一张无边界的网。

在不停的时间里，在不停的行走中，我一直记得这句话：“在黑夜里路过别人的人生。”我看见了孤寂的夜色，突然理解很多。梦，最终还是为了一种期待。

知道有一个人会出现，所以我等。我在梦里固执地等一个人出现。

出现的必定是个男人，他说小孩要有见识，有机会多出去走走，开阔视野。他说他还记得小时候的经历，年轻时去过哪里还对以后的人生有启发呢。

他还说，出门时，记得带相机，带纸笔，随时记录。每个人眼里的风景可能是一样的，但心情是不一样的，若画出画来，

肯定风格也不同了。

我的梦就这样开始了。

他是C。我不十分清楚他的身份。

C说徐霞客之所以是徐霞客，并非是因为走的路多。C是个喜欢自由散漫生活的画家，出门在外就是个行者。

C有个性，还会跟小孩沟通，很快就“收买”了我的心。我知道，用“收买”这个词感觉像贬义，但它不是，它等同于“温暖”和“明媚”。

在梦里，我有时叫他“C”，有时叫他“C老爸”，但我也说不明白为何这么称呼。

谁给人冬日阳光般的感觉呢？问岁月几何，谁伴谁一世？我梦见了梦，与有缘人相遇。

感情，伴随边缘模糊的爱，去承受，去释放。而情感空间又在哪里？生命，本是一种承受，又是一场场战斗，与自己，与看见或看不见的对手，直到战死。但，人与人之间，相见亦是朋友。这天，我在日记里写下一句话：“梦见你，是梦与自由偶遇。”这句话，像突现的灵感。

我想要个父亲。

那个满世界哭着找父亲的小女孩，因为C的出现，勾起了她已经蒙尘的心愿。她曾天真地瞒着妈妈，对着一瞬而逝的流星，许过心愿：“赐予我一个好爸爸吧。”

时间流逝，老奶奶脸上的皱纹越来越深。老奶奶不断地抹油，用一种叫“大宝”的乳液，这就像我不断粉饰的梦境。她老了，矮下去，我长高了。她的小脚走得愈来愈慢，行动迟缓；我走得越来越快，行动敏捷。每每看她在阳光下喝茶，这舒缓与淡定，一如她安稳的老年时光。这样真好。只是，在光线的轻移里，我感知到时间正一点点沉积，一点点凝结，一点点消失。

哎呀，太快。

纠结多久了啊，我不再关心得不到的东西，不再关注从前，因为透过午后的阳光，我又了悟了：所有拥有的终要消失，即便舍不得，即便再心疼。人生，不都是这样子吗？一边得到，一边失去。

这么说，每个人都会理解的。

所有爱情，不过是牵了手，最初没有理由，最后认识太久，真实熟悉得有点荒谬。或许彼此，也曾是别人的某某。

这个暑假，我要去旅游了，有C和妈妈陪我。

这是我的第一次旅行，坐动车，又坐汽车。这也是我第一次坐火车。

顺便说一下，第一次旅行的目的地是青岛。

真是开阔视野啊。一切像是正被光辉笼罩着，放出光彩。

在梦里，妈妈是有过无声告白的。

没有人以爱的名义接纳我们。希望总是以失望告终。

她所有的付出，像一波波的海潮，一去不回。这么大的城市，这么大的世界，却没有遇见喜欢她的人。

妈妈的生活，妈妈带着我的生活，重复着小城的悲伤，无法刷新一次。

青岛是一座美丽的海滨城市，三面环海，一面接陆，巍峨的崂山傍海屹立，风光秀丽，气候宜人。“红瓦绿树，碧海蓝天”辉映出青岛特有的美丽身姿。

在青岛，我们住在崂山的一个写生基地，是刘婆婆和她的飞行员丈夫开办的。刘婆婆雇了几个员工打理这里。

刘婆婆年轻时是电视台的播音员，后来离婚了，嫁了个飞行员丈夫，她在青岛生活二十年了。她熟悉青岛的大街小巷，就如我熟悉县城的大街小巷。每个地方，都有大街小巷的，不是吗?

楼前就是大海，站在窗前，能看见两个人在路边支着个大锅。锅里不知煮着什么，呼呼冒着热气。刘婆婆说他们在煮海蜇呢，煮好的就铺在一边晾晒。地面上已经晾了许多了。

我下楼去玩。走近海岸，我看见一个穿皮裤的渔民，提着一网兜螃蟹。我凑上去看那些鲜活的螃蟹，他很大方地分给我三只。我惊讶得不知怎么才好，忙说：“谢谢！”

楼下是餐厅，有几个阿姨在忙碌。一个青年负责内勤。一只黄狗看管院子。青年走到哪里它就跟到哪里。

我问青年：“这狗是你养的吗？”

“是我捡的，它叫阿黄。有一年时间了，它在这附近流浪，我经常拿食物喂它，它自然就跟我熟了，这不，就成了基地的狗了。它很听话，看院子很管用的……”青年说。

“你来这里多久了？”我又问。

“一年半。我以后会离开这里的，我想去北京。但要等刘婆婆找到接替我的人才走。”说着青年摸摸阿黄的头。阿黄乖巧地依着他的腿，鼻子里发出哼哼声。

“你走了，阿黄怎么办呢？”我问。

我的问题是多余的，可我还是忍不住要问。答案本来是明摆着的，似乎他亲自说出来，才更能印证一件事的真实性。

他无限向往又无限怅惘地说：“每个遇见，都是意外。比如我与阿黄，它陪伴我很多个孤寂的夜晚，我是舍不得丢下它的。但不丢下它又能怎样？它总不能跟我去北京吧？它在这里生活挺好，这里有山有水，有它吃的住的……到时候也只有把它舍下，说声‘再见阿黄’。它听不懂，我没有别的办法。我们都是可怜的行者，遇见了就相互关照，相互取暖；分开时就道声珍重，彼此告别。我离开这里，肯定会想念它，但愿前面的路是有希望的……”

“崂山海岸多好啊，跟世外桃源似的，我一来就喜欢上这儿了。”我说。

“我没有说它不好。我刚来时也喜欢上它了，不过时间久了，就有被困住的感觉。都说这儿风景秀美如画，是啊，但这里除了夏秋大量的游客来写生，淡季可真清静呢。若不是阿黄，我可真够寂寞的。我还是觉得，这里适合老年人居住养生。

年轻人，趁还来得及就要出去闯闯，看看世界。给自己一个机会……”

说完青年拍拍阿黄的尾巴，嘴里叫着“咕咕咕咕”，又喊了一声“快去圈鸡”。阿黄听懂了，跑去山坡上圈鸡去了。青年告诉我说要在天黑前把所有的鸡圈在窝，这任务每天就交给阿黄了，它是赶鸡的好手。

“哦，你还负责养鸡？真行，这么充实啊！”我感叹。

“刘婆婆一周开车来一次，我把收好的鸡蛋给刘婆婆积攒着。”青年说。

说完，他就笑了一下。然后，我走到了海边，海水很深但很清澈。我看到水下有几个蓬松的大海蜇，乳白色的，它们舒展着，缓慢地改变着形态。

这是个缓慢的下午，时间仿佛看不见了。在码头上，我发现十几条小鱼的尸体，泛着银白的光泽。码头很高，这些鱼显然不是海浪冲上来的，而是被人遗弃的。我看着它们发呆。狗也不吃这些鱼，它根本不理会。青年说：“它早吃够了。如果换成猫是吃不够的。”

“如果是猫呢？”我心想。

附近零零散散的还有几个渔民，有的提着螃蟹和虾从我身边经过。青年说：“我们也该回去了，最近食堂里不太忙，基地也算清静。这几天除了你们，还有三个地方的朋友过来玩，都是奔着刘婆婆来的。你们也是吧？”

他微微一笑，一只手拽着另一只手的手指，一根指头一根指头地拽过去，关节发出轻响。

这个问题很唐突，我用力想了想，不确定是不是，这是没有答案的吧。其实我真的不知道，可我还是回答了。

“差不多吧。”我迟疑地说。

他若有所思地说：“刘婆婆是个有情怀的人，退休了还要做自己喜欢的事，把开办写生基地当成事业来对待了。不光这里，市内也有。每年夏季是全国各地老师带学生们来得最多的时候……”

我们往回走。一会儿他又说：“你瞧，太阳掉海里去了。”

这时他终于轻松无比地笑了，像海边的少年一样笑起来，纯粹、爽朗、无所顾忌。

“你上午看见的那个老头儿是刘婆婆的老公。”青年告诉我。

“知道了。好像他不喜欢交谈。”我说。

我记得早上那个老爷爷看我的眼神，爱怜，惆怅，夹杂着一丝热情和一丝说不出的焦虑。

“你不知道，他是刘婆婆的第二任老公。儿子是婆婆的。老头儿当了一辈子飞行员，立过功，就是没有孩子。他把自己献给飞行事业了。婆婆是他的第一任老婆。说真的，我挺羡慕他的……”青年说。

“羡慕他？”我问。

“有个喜欢的职业，有个老婆。至于孩子，可以抱着一个啊。我认为谋生是第一位的，其他的可有可无……”

“哦，原来是这样。”

在路上我就想明白刘婆婆的老公为何那般沉默了。

“他和我讲过他的故事，他说人生不是个玩笑，谁也开不起。”青年说。

“哦，他是个有故事的人啊？”我问。

他摇摇头，又点点头，好像同意我的观点：“世间有故事的人大体也有相似之处……”

“林园，林园……”是妈妈喊我了。喊声打断了青年的诉说。

我们马上走到住处大门口了，我看见妈妈和C正站在那里。

青年又快速补充道：“不好意思，平时一个人太闷了。说了一堆不算秘密的废话，你别笑我啊。再见。”

“呵呵呵……呵呵，再见。”他一解释，我就笑了。如果不解释，我还不会笑起来，真是有点难为情呢，呵呵。

一天我在楼道里遇上青年，他问：“你们在这儿住几天啊？”

“四天。第五天我们去市里。”我说。

刘婆婆要请我们用餐了。她是开车带我们去的，在台湾特色风味店吃饭。那顿饭很有特色，现在想来嘴里还是喷香的。

送我们回住处时，刘婆婆讲了个神奇的故事，是她的亲身经历。

那个春天，她来崂山考察，要创办个写生点，和一个朋友一起来的。那个朋友开车，她坐在副驾驶座位上。车行驶在宽阔的公路上，正是中午，路上没有什么车，周围很安静。他们轻声交谈，刚好刘婆婆一抬头，看到前面上方的天空有个黑点正往下坠落，速度很快。她看不清是什么，车还是匀速向前开，她跟朋友说：“你看看天上掉下一只鸟。”

朋友说：“是大雁吧？”

刘婆婆说：“不像呢。”

刘婆婆推了推眼镜，说话的当口，空中的东西掉下来了，正好掉在离车头二十米左右的地方。他们下车去看，都惊呆了——原来是条鱼，一条大鱼。那鱼正张着嘴呼吸，没有摔死。

朋友问：“怎么办呢？”

刘婆婆说：“你说呢？”

朋友说：“放生吧。”

刘婆婆说：“我也是这么想的。走，开车回去，放水库里去吧。”

然后他们就抱着鱼上车了，刘婆婆一路抱着它，到水库边时轻轻把鱼放了进去。鱼是有灵性的，刘婆婆说那鱼回头看她了，游过来，又游过去，过了一会儿才不见了。

“好神奇吧？若不是有第二个人在场，别人还以为我说谎呢，这是今年春天的经历，是真的啊。那天无风无浪，也无飞机经过，凭空怎么会掉下一条鱼呢？我也想不明白。反正放生了，心安了。”刘婆婆说。

后来也许是这条奇妙的鱼帮了她，因为她又讲起不几天有几个女人找她打麻将，她不会，她们非要她现学现打，不参与不行。然后她就摸牌了，结果不会打的她却赢了。这有些不可思议，但事实就是这样。

最后刘婆婆又讲了几件青岛的逸闻。我听得汗毛倒立。有的事啊，特别神奇。

饭后刘婆婆端着一碗青年给她积攒的鸡蛋，开车回市里去了。飞行员老公还在守着他的小超市，隔三岔五才回去。

现在我和妈妈还有 C 可以自由活动了。

我们在崂山下海，买了两个游泳圈，买了三个人的泳衣。C 不穿，也没下海，在远处给我们拍照了。

我的鞋里灌满了沙子，我只好脱下来，试着套上游泳圈下到海水里去。妈妈也穿上一套泳衣，走向我，但我漂得远些，她总不敢过来。一波一波的浪来回冲刷，我在水里漂着，任由水把我带向远处。海里的人太多了，海岸上的人也太多了，妈妈的眼睛追随着我，一小会儿看不到，她的目光就急急搜寻我的衣服。她说她能辨别的只有我衣服的颜色，以及游泳圈的颜色和大小。我在海里太小了，小到让妈妈只能保持她的专注。

妈妈在海里站够了，就走到沙滩上，和 C 说一会儿话，喝点水，再跑过来寻找我。海里人很多，她得仔细搜索，才能发现我。她说这么找人很吃力，总叫她提心吊胆。

下午的海涨潮了。汹涌澎湃的大海咆哮着，要赶走游人，好像在说：“天黑了，快回家吧！”

喧嚣了一天，大海也该放松一下了啊。

这时我已经漂远了，妈妈大喊我的名字。被水托起的感觉真妙，我试图手脚并用，拨水前进，可我就是不会。最终海潮把我送到妈妈身边，好惊险啊。妈妈一把拽起我，我的游泳圈差一点儿被浪卷跑。

人群还没散去，C坐在不远处等我们，我能看到他在抽烟，在喝水，在拍照。不一会儿他就走到海岸高处的凉亭里去了，从那里可以俯视我们。

我买了一串章鱼小丸子，还买了几串烤鱿鱼。

往回走的路上，C说要带我们吃海鱼、螃蟹、海蜇、海螺、扇贝和虾去。这是我盼望的。

时间一晃过了三天了，我们又到了老城区。

第一个午后我们路过教堂，正遇上一对举行婚礼的新人，一些亲友正在热闹地庆祝，地上有一些撒下的鲜花。

妈妈想在这拍照，还要和C合影。但C说阴天，光线不好。勉强照了一个，他不给妈妈看，说效果不好。我猜测他一定不给，因为背景是教堂，是个神圣的地方，他不会给的，他肯定删了。

后来我们又从五四广场沿着马路向西走，汽车竟然很少，我们几乎没遇见一个步行的人，没遇见一个骑自行车的人，很是奇怪。妈妈说像回到了过去，空阔的马路，干净的空气，青翠的树木。

青岛老城还保存着二十世纪的植物和建筑，古老的树、古老的楼，甚至还有断壁残垣。牵牛花和爬山虎爬成一面别致的墙，装饰着陈旧的建筑。家属院楼下，有疯长的野花野草，真好。C和妈妈都说，这多么像回到了二十世纪八十年代啊。

二十世纪八十年代，妈妈那时还年轻。

她说："看看，秫秸花和太阳花。我小学时代见过的，大街小巷都是，人人爱惜，感觉特棒。"

我从她的惊喜里，想象着几十年前开满花朵的大街小巷。妈妈又开心地笑着说：“原来在青岛还能见到这些！”

C说：“青岛是个美丽的城市。不破坏原有的城市风情，在这个基础上搞建设，精心保留了老城风貌，让它们在岁月里经历风雨，经历考验……”

原来，这精心保存的老风貌，给人特别的宁静感。我想，只有亲历的人方可理解吧。老城区的街道也有它独特的风格，我来回几次还是辨不清方向，总是C带路，他成了我和妈妈的向导。

我们吃过大排档，也吃过自助餐，总离不开海鲜。空气中到处飘着海腥海盐味儿。傍晚的风在城里逛来逛去，欢迎着四面八方的来客。但真正的夜晚是安静的，与白天的热闹互补。

C开着基地的面包车，带我们去了更远处的大海。我看到了更加汹涌咆哮的大海，那个地方极少有游客到达，几乎是无限的辽阔和空旷。我看到了真正的野外海滩，看到了更加浩瀚的大海，站在高处，站在海边的茶园里，极目远眺，畅想未来。抬头看海鸥在飞，在海的上空盘旋，我拿出手机拍个不停，我要发到微博上，我很想和同学分享这景致。

后来，我们三个人走到了一片海滩，那里有大片的石头，都被冲刷成圆润的样子。我们都很惊叹：“怎么这么一大片啊！”没有千万年海浪的一次次拍岸打磨，这些石头是不可能如此圆润的。这些堆积成山的石头啊，不令人称奇才怪。这些石头的颜色深浅不一，它们细腻的花纹，如精心打造的生命的纹理。我们踩着它们，一点点挪移。海里，有一座小山，露了大半山体。当C牵着我的手登上海中的小山时，我紧张的心情放松了，我冲对面的妈妈大喊：“给我们合影！”

妈妈不敢去，就坐在一块红色的大石头上看我们。

起先，我们蹚过海水，穿过小山上狭窄的“小路”，慢慢爬到了山顶。我向妈妈招手，摘下那顶天蓝色遮阳帽，远远地看妈妈用手机拍照。她大声喊着："你们好小啊！山那么近，人在上面，为何那么小呢？"

回来我才告诉她，站在上面，若不是有人牵着我的手，我会害怕得掉下去的。我站在上边，就知道底下海水的威猛了，它几乎要发怒了，人掉下去就要被吞噬了。

海水又要涨潮了，通过眼睛、鼻子和耳朵能判断出来。

我说："妈啊，幸亏有C老爸牵着。那叫个惊心动魄啊，你上去就知道了。"

他俩相视一笑。

人在海面前，是多么渺小啊。

我的脚下，是堆砌得密密麻麻的石头，多得像数不清的星星。

妈妈说："没准儿有天上掉下的陨石呢。"

"陨石是什么？"我问。

"就和这些石头差不多。"妈妈回答。

天色渐晚，果然不一会儿，就涨潮了。气势磅礴的大海，叫人感叹。我觉得，这些石头被亿万年的海水带到岸边，再也回不去了，因为即便涨潮，也不能带得动沉重的大石头。我又怀疑是地壳变动把它们带来的，不然，它们是怎样一块块叠加到一起的？有如神助。

往回走的时候，C还给我讲了海神妈祖的故事。我佩服他的见地和广博的学识。他说妈祖是海神，她爱人们，为出海的船只保驾护航，护佑着人们。

旅行结束了，我们都被太阳晒黑了。妈妈还说两年也不能变白，年龄大了，新陈代谢慢了。她年少时像朵粉嫩的桃花，像白雪公主，就像婴儿的皮肤那样好。

她自顾自地说着消逝的青春。还有什么良药，能让她恢复

从前的美？哪怕恢复一天，让我也瞧一瞧吧。如此想着，我便说："啊，原来你是个美女——"

"当然，是原来啊。"妈妈说。

"谁不老啊，不老就成妖精了。"C说。

走出那片石头，他们边走边闹，捏一下耳朵，撩一下头发，数数有几根白发。有片刻时间，她忘了他是为了我来玩的，而不想和她有故事，有进展。

终究，他们是没有爱情的。她就像被上苍可怜了一回。上苍派C当我的临时老爸，让我们像一家人一样来看海。妈妈呢，在我的梦里找到了"伴侣"，她细心维护一段偶遇。我懂，她是想给我找个好父亲，我太缺父爱了，她也太孤单了。我们都是孤单的人，可我们打动不了他。他顽石般的想法，我们改变不了。对我来说，这份"父爱"注定会被风吹走。就像几天后我回到县城，他回到省城一样，我们在各自的轨道运行，如两条平行线，无法有交集。

我只不过做了一个梦。谁说服得了梦中人呢？感情是互动关系，而不是单方强求。

旅程中的见闻和欢笑，沉淀下来，怎么也抵不过实现不了的心愿，抵不过伤感。本来，我也习惯了冷漠的眼神，长年的冷清……

我怎么觉得C像是早年失散的一个熟人呢？近在身边，又远在他乡。所以在梦里，我感了无助，感到了迷茫……

返程的时候，差不多也是梦醒的时候了。刘婆婆提来一塑料袋的好东西。袋子里面有我爱吃的德芙牛奶巧克力，有提拉米苏，有蛋黄派，还有水、棉花糖、腰果和葡萄干。真是太感人啦！她很懂孩子的心。

路上妈妈说："以后争取考到青岛的大学来，来看你刘婆婆。"

我点点头说好。

C笑了。

刘婆婆说："到时我可真老了。"

大家就沉默了一会儿，似乎都想到了不可逆转的时间，也想到了不可预测的未来。

等火车时，我又一次想起在第一海水浴场时的感受：大海美极了，天是一块蓝玉，海是一块翡翠，远望水天相连，非常壮观。在阳光的照射下，金光闪闪的沙滩上，有的人在遮阳篷下睡觉，有的人在海里游泳，有的人在观望……我找了个地方，换下衣服，抱着游泳圈迫切地投入水中。我在心里说："浩瀚无边的大海啊，我来啦！"

它会让你不由自主地向它跑去，在它的怀抱里奔跑，嬉戏，不用担心跑到尽头。游泳的人真多啊，都是来青岛的游客吧？海滩的沙子不是很细，粗大硌脚。整个海滩挤满了人，有的三五成群坐着聊天；有的用沙子堆成各式各样的雕塑，让这里的沙子有了生命；有人将自己整个埋起来，品味沙浴的乐趣。小朋友们相互追逐着，笑着，闹着。

在火车站附近，我们下了车，刘婆婆开车走了。C也走了。青岛之行非常充实，她和C都是好人呢。多好，真感动。

对着她的背影，我在心里喊了声："好婆婆，珍重。"

对着C的背影，我在心里喊了声："好爸爸，保重。"

当然，他听不见，她也听不见，风更听不见。如果风能听见，将我心里的声音送进他们的耳朵里，会不会有些故事要继续呢？

前途仍是个未知数。感恩是真。

转身，路过彼此的八月。自始至终，人总是需要一个归宿，需要一个家的，不是吗？

我不知道大海有多深，就像我不知道C的思虑有多深，不

知道如何才能有个爸爸。以何种方式，以怎样的虔诚，以怎样的姿态，才可博得人家的欢喜，人家才能接受我和妈妈。

有人不是说了：你叫不醒一个装睡的人，也感动不了一个不爱你的人。

我想在多年以后，我还会想起这个夏天，想起经历的点滴。也许正如C所说，年少时的经历会永远记得，应该出门看看。

路上，我再一次想起刘婆婆，想起奥帆中心、沈从文故居、童第周故居、海洋馆……

一切都将成为过往，成为记忆。多想留住美好，多想留住时间，把一天变成一周，把一周变成一年。

不久以后，青年走了。狗看不见主人，整天盼星星，盼月亮，也终于等累了，绝望了。世间所有的存在，不都将成为“曾经”吗？

想到这里我有点伤感。

一伤感就醒了，第一次做了这么长久的梦。

八 未 醒

中断的梦还能续接吗?

谁做过同一个梦，重复过相同的梦境呢?

事实上这是可能的。相似的梦也存在。人醒了是无法控制梦的。它从不以人的意志为转移，但隔几天就会有新内容，补充你的记忆。

去泰山，是从青岛回来后。不管你喜不喜欢，C 出现了。我以为，接近于“幸福”的梦境是逼真的。一个情境可以复制，一个人也可以。

这是件奇特的事情，可在梦里就不奇特了。人是会重复同一个梦境的，这点我确信无疑。

C 说：“好不容易有个假期，你过几天开学上了初中，学习就紧张了，以后出门的机会会少许多，所以，还是去游览一下五岳之首吧。作为一个山东人，以后不要说没去过泰山啊。”

泰山与嵩山、恒山、华山、衡山并称五岳。泰山是五岳的东岳，许多人都很想登上泰山的顶峰，一览泰山的壮丽风景。我也要去登泰山，感受登山的乐趣。

自驾游的好处是从容自在。

中午 12 点钟，C 开车带妈妈和我去爬泰山。一进泰安市，车立马多了起来。我在车上向远处望，隐隐约约地看见了泰山。起伏的群山太远了，太小了，绿油油得像一个个粽子。我不禁想到了杜甫的《望岳》。

其实是先逛的岱庙。我们到达岱庙已是下午 3 点。

我们在这里逗留了大约一个多小时，拍照，看树。这是座古老的院子。

时间紧张，也没看完所有的小院落。我们担心爬泰山太晚，就匆匆结束了游玩，出了院门。其实，我们还没看够呢，只是为了赶时间。这时车也需要加油了。

路上我们问了加油的地方，车又开出老远才加到油。我们都怀疑，泰安没有加油站了，也没个路标。还好，在油临尽时，我们找到一家加油站，加了油。

要开往五岳之首泰山了。

山离我们越来越近，我的心情开始激动了。

来到山脚下，一座巍峨的高山出现在我的眼前，仿佛在向我示威。我下定决心一定要爬到顶峰。

把车停在停车场，我们就开始爬山了。那时已经是下午 5 点 30 分。妈妈说她看到大山，腿就软了，怕自己登不上去。刚开始爬山，她就买水喝，也许她想补充体力，也渴了。她说她在后面，让我和 C 先上，一会儿就能追上我们。

拐了几个弯，我们坐在上面的石阶上等她。看她费力地来了，递给我们一人一根黄瓜，才知道她在后面又买了黄瓜吃。我就悄悄笑她："真是被大山吓怕了，平时怕多吃东西长肉，现在却不怕了。"

于是我们三个人就停下来吃了黄瓜喝了水。又往上走了一段路，C 说要去看经石峪，让我俩先爬山。天黑了，怕走散，我就和妈妈在原地等他。我还买了一根鸡腿、一杯饮料、一个汉堡，还有一块饼。

我们等了半小时，还不见他上来。妈妈说他肯定在拍照。所以我们继续等，没上山。我又说想吃一碗泡面，妈妈说要不就买一碗吧。我们就跑到对面去买，她还不时望着出口，怕错

过C的身影。我们想再买两碗，告诉他在这里吃了正好补充体力登山，到山上就不吃了。结果一直没等到他。那时蚊子太多，叮了我们许多次。妈妈不停地起来张望。她问卖东西的妇女，经石峪处可有其他出口。那妇女答说没有。

我们疑惑重重，妈妈打了手机，才知道C已快登上中天门了。他真有劲，爬得好快。我好佩服他的一鼓作气。

我和妈妈用了一小时，到了中天门，从7点45分走到8点45分。9点时找到了C。

他选了玉液泉旅馆，相邻的是玉液泉饭店。在这里我们吃了饭。山上的小飞虫可真多呢！饭店的桌上落了一层，我当真第一次见这么多的飞虫呢，吓得我都不敢吃了。还是他俩劝我说，这有什么，只是小飞虫。我才又坐下来继续吃。

旅馆好贵！店里没有洗漱用品，倒是有热水，能洗个热水澡。

衣服因上山都湿透了，但我一点儿也不觉得冷。

饭后，我和妈妈在房间里洗澡，C下楼抽烟。

过了一小时，妈妈把两张小床拼在一起，我才入睡。

谁知道妈妈几点睡的呢?

谁知道她睡没睡着呢？据说AB血型的人易失眠，C和妈妈都是AB型的人。为什么他不失眠呢？也许没压力，没受过感情的伤吧。出行，开阔眼界，并非为了一场浪漫的恋爱。他俩算不上恋爱，只是上苍派了个仁慈的年长的异性，给我一点儿“父爱”的感觉罢了。

笑着的日子容易过。妈妈愿我无忧无虑地成长，她很爱我。

时间已是第二天了。

吃了早饭，我们继续登山，决定登上南天门。

一开始，我蹦蹦跳跳的。妈妈说要节省体力，慢点上。我就是不听，因为我觉得太简单了。可是，走啊走啊，怎么还不到山顶呢？我越走越累，越走越饿，大概我的能量消耗完了。我实在走不动了，一屁股坐在台阶上："我不上了，我要下去。"

"你不能半途而废，加油啊！"C说。

我不动。这时，妈妈请身边的一个游客给我们三人拍照。那个游客对我说："爬泰山怎能爬不到山顶？坚持一下，再有半个多小时就到了，你看，在这儿都望见了……"

拍照的游客送给我一根小拐杖，她说："这就快到了，不能半途而废啊！这根登山杖送给你，拿着这个可能上得快一点儿。"

对她的鼓励，我心里十分感激。

就在这时，一个小姑娘从我身边经过，她的妈妈在后面跟着她。这个小姑娘看上去也很累了，但她还是一步又一步往上爬。我心想，连小朋友都比我有志气，我不能落后啊！我喝了点水，咬了咬嘴唇，继续爬山。

不到一小时，我们真的到达碧霞元君祠了。我心中自豪感油然而生。

终于登上来了！

我们舒出一口气。我有了"心地无私自然宽"的感觉，相信妈妈和C也有同感。

我忽然就高兴起来。虽然天正下着小雨，山上的风景却照亮了每个人的心。

上面的风有点凉意，但穿夏天的衣服仍然能承受。主要是人心里有暖意。妈妈和C穿得比我多多了，我还穿着短裤和背心。妈打了C的伞。C问还去不去玉皇顶，我和妈妈都说不去了。

我知道妈妈心里也想去，只是她太累了，也将就我，就不想再爬。其实，我和妈妈还有个小秘密。这个秘密C知道吗？反正我不晓得。

我和妈妈上山时，一个挑山工经过我们身旁，我们听他和

别人说：“有好些人不知道，来泰山一定不要登玉皇顶，尤其不要摸顶上的石头。否则就预示你的前程到头了，没发展了……”

我们又在上面拍了几张照片。我虔诚地跪在神像前，叩首，还往功德箱里投了枚硬币。

下午5点时，我们排队买票乘索道返回中天门，每人100元。到中天门时，5点30分了。这是我第一次坐索道，我不是很紧张，就是觉得有点刺激，真是在半空穿行啊！我还用手机拍了照片。我们三人也自拍了两张。

下山途中，妈扭了脚，破了点皮。C腿抽筋，停留了一会儿才走。

我们继续步行下山，到停车场时，晚上8点了，天又黑透了。C找出停车单，进了停车场，开出了车。我们踏上返程的路。

我和妈妈回到家就休息了。早上起床后，妈妈说夜里睡得很甜，这可是很难得的好事。许是昨天登山太累了，反倒睡得踏实。我想，她应当经常晚上出门走走，才能锻炼身体。

这段时间真跑了不少路，看了不少风景，有过不少念头。

一种渴望，一种企盼，久久徘徊在我的脑海里，独立存在我心中。

妈妈说一种熟悉的愁烦，一种浓郁的味道，一种似曾相识的情感，全消失于返程的路上，也如轻烟弥散在脑海里了。

我知道，任她如何努力，也抓不住一缕情丝。它如游鱼，如飞云。她最好是微微一笑，放下执着。就像两个地方，两种截然不同的风光，因为无法比较，只有经过了，才能品出其中的特点和味道。

一路上我重复听着《青春修炼手册》，单曲循环。

我的梦想，在远处，在前方，在更远的远处，自信，飞扬。小小的梦想像个秘密，藏在我身体内部。它有体温和忧伤，还有坚持和守候。

第二个梦醒了，暑期之行结束了。我年少的时光里也有了闪烁的故事，看过海滨城市，看过一座大山，怀着一种心绪，感觉长大也是突然间的事呢！

我将继续寻找那有爱的海和阳光。我也想，向着远方，一个人去旅行。

好梦的确美妙，我不愿从好梦中醒来。

九 继 续

这是我的梦中梦。

C 终于消失在我的梦乡。现实和梦相互切换，虚实难辨。

当个小演员，这是我年少时的梦想。

妈妈不知我心里的小秘密。我偷偷联系了北京的一个影视公司，我要去面试。可我不能告诉她，我就说想去旅行。

我们来了一次说走就走的旅行。妈妈提议先去天安门广场，去故宫，再去动物园，去颐和园，去看北京大学……

一到北京，我立马与那个公司取得联系，在此保密一下具体的对话内容。妈妈看我不停地接手机打电话发信息，催着我快快出门，要去故宫了。我说："我不去，你要陪着我去复兴门那个公司面试。"

"什么？！"妈妈不敢相信。

我说："就是影视公司啊，是我之前几天联系好的，他们要收小演员。小演员经过培训，可以先拍广告……"

"你怎么想的？要是受骗怎么办？咱不是来面试的，是来游玩的好不好？"妈妈问。

"不会上当，是真的有这个公司。"我着急地说。我恨不能马上飞过去，被他们认可。

于是我把我的手机拿给妈妈看，里面有关于那个影视公司的介绍和我跟那个公司的职员的对话内容。

我说："你看，看不出什么问题和欺诈啊。"

“不行。你怎么能瞒着我做不该做的事呢！”妈妈说。

“我有梦想不好吗？”

“有梦想是好的，但如果是沉迷不切实际的幻想就该停止。你现在太小了，只有学习是正道，没有别的捷径可走。”

“那几个小演员都出名了呢。比如……”我给她念了好几个名字。

妈妈沉默了一会儿。或许是为了稳住我激动的情绪，她答应第二天陪我去看看，现在先去天安门和故宫。

我不情愿地跟她去天安门了。

天安门人山人海的，所以我们路过那里，直奔故宫。没想到故宫的人也多极了，中国人多得很，还有各种肤色的外国人，人潮涌动，简直是摩肩接踵。空气中的热浪扑面而来。如果没有风，热浪就缓缓流动，你能感觉到空气的密度像变大了，沉甸甸的。

我和妈妈在炎炎的烈日下排队，时间又长又无聊。买票的人啊，太多太多。望着长龙般的队伍，我们等了半小时，终于丧失了耐心。

走在到处都是人的故宫墙外，妈妈语重心长地告诉我：“每个孩子的家庭背景不同，生活境遇不同，成长过程不同，所受教育也不同……许多的不同，造成了现实中梦想的取向不同。得根据个人情况选择适合自己的道路，不按常理出牌是很冒险的事。一个人的梦想随着年龄的增长也会变化的。小孩子难免有不成熟的想法，天真没关系，但不能执拗，要听得进大人的劝解……”

“我不管，既然来了，你得陪我去看看。”我坚持说。

“好，就只看看。”妈妈答应了。

然后我们走出故宫外围大院，走到长长的街上，坐车去“枫蓝国际”楼上吃晚饭。

这顿晚饭吃得挺早的，这里的饭价格高，但好吃。面食、牛骨、羊排，还有其他各种特色风味，都比较高档。

在美食面前，我也是陶醉的，坐在那里，感觉自己突然上了一个层次。就餐的氛围也好温馨，环境衬托了人的美好姿态。在这里吃饭，真是一种享受啊。

后来下楼，我看见细细的月牙儿与晚霞一并出现在天空，特别有诗意。我回到宾馆就写了《北京的月牙》这首诗：“……北京的月牙 / 把黑夜 / 变成了柠檬黄 / 这是我喜爱的颜色……”

妈妈说：“今天有些累了，我们下下象棋吧。”

象棋是我自己带来的。

我心不在焉，不停地看手机，看有没有某某公司的消息传来，我何时去面试。

想着想着微信就来了，公司让我明天就去。

我兴奋地跟妈妈说了，还告诉她某组合后天要来开演唱会了。

“不靠谱，都不靠谱。”她说。

但她答应明天陪我去看看。

我马上跟公司里的人约定了见面时间，他们也迫不及待的样子。妈妈真的是无语了，她一副心事重重的模样。

我一早起来，主动买回牛肉包和豆浆。

她慢慢地梳头，我看出来了，她不想去。“你还在犹豫吧？”我问。

“很犹豫。”她停顿了一下说，“本来是来旅游的，结果成了去公司面试，一个小孩儿也不怕上当。林园，现在倒是你牵着我，指挥我了，我很郁闷。”

“别怕，我们就是去看看情况再说。”

“好吧，林园做主了。为了满足你的好奇心，就算前方有陷阱，咱也去看看，参观一下你说的那个公司。”妈妈终于下定决心了。

然后，她很快吃完早饭。洗漱完毕，我们乘地铁去了复兴门附近，找到了那家公司。

一直跟我保持联络的男青年已在楼下等着了。他戴着眼镜，很斯文，个头不高，像个瘦小的大学生。

他微笑着做了自我介绍，带我们上了三楼。在大厅里他微笑着和我们聊天，介绍公司这几年的发展，说从一个小公司起步，从四环搬到了这里，面积是上下三层楼，拍了几部电影，推出了几个小演员，有几个人参演影片，比如说……

他说了几个当下很响的影片名称，说了一大堆公司的好话，说了它美好的前景。那几个小演员的名字，有的我知道，有的我不知道。总之，他的话充满魔力，诱惑着我身体的每一根神经。在他的话语里，我仿佛看到了一个不可估量的未来，与一个前途无限的自己。

他很轻易就调动起我兴奋的情绪和我的好奇心。我参观了公司，见了许多在办公的职员，看到墙上贴满了影视宣传海报，有模有样。我的心又飞扬起来，脚步也轻盈了。我歆羡那几个上镜的小演员，他们年龄与我相仿，却得到了那么高的赞誉。我希望我的梦想尽快成真，尽快逃离那个“情感残缺的故乡”。我要让自己发光，我不要当微尘，不要过窘迫的生活。

在北京，在这里，我找到了精神指引。这次，妈妈也说不清了，他们到底是真是假，我到底应该怎么办。

这次谈话没涉及“钱”，没涉及深层次的内容。男青年说一切按步骤走。什么步骤？就是这次是初见，先通过介绍公司情况的方式，让我深入了解，让我相信他们也相信自我。不过他和我们又约了时间，说先跟经理汇报面谈的结果，让我们过两天再来，先回去等消息。男青年让我回去准备几个小节目，唱歌跳舞都行，就是等经理和评委老师看我当场表演，给我打

分了。之前他问过我会什么乐器，有什么特长，我说会弹吉他。他说喜欢表演的话，可以临时教我两个小品，我自己即兴发挥也可以。面试时老师就是看看我有没有表演天赋……

叫人欢喜叫人忧。我信心满满地点头，为了一个演员梦，为了出名，我要战胜一切。走出公司，我们去家乐福旁边的餐厅吃东西。

妈妈说："没准儿你第二次来时，他们就跟你摊牌了。"

"不可能吧。他们有营业执照，是正式的公司，不会的。"我坚定地说，"我相信自己的选择是正确的。"

"你看着吧，看他们递进的方式，下一步还有招式，就是他们所说的步骤。皮包公司抓住了有些人的软肋，那些人才会上当……"妈妈有点焦虑。她说得有道理，分析得对，可我还是"不撞南墙不回头"。

妈妈说："时间耽搁不起，还要游览颐和园，参观北京大学等好多地方，别再在这里浪费时间了好不好？"

我说："不好。我要追逐我的梦想，你不支持我吗？"

她说："如果公司最后要我们交几万元钱的话，你还信吗？"

"你有多少钱？交不起吗？交钱与相信有关系吗？"我仍是一意孤行。

"恐怕交不起。交上钱会荒废了你的学业。你想想，值不值得？"

"反正我不管，我就要去面试，就要当小演员。"我固执地反驳妈妈。此时，我什么也听不进去，谁劝谁就是和我作对。

为这，我还在一楼的商场，买了件连衣裙，想面试时穿上。

我可不想错过这唯一的机会。

妈妈拿我没办法。

傍晚回到住处，我就收到了那个男青年的电话。他告诉我明天面试，要指导我准备两个小节目，到时现场表演，某经纪人也去看……

妈妈拽了拽我的衣角，她无奈地摇头，自言自语地说：“真是灌了迷魂汤了。”

我很认真地去揣摩，去练习，直到深夜。我突然想起面试的时间和某组合要开演唱会的时间冲突了，我不知道选择哪个。我把这个困惑说了。妈妈说：“你只能选择一件事情。你的奇怪想法还不少呢，这孩子怎么了？”

我想了想，还是决定去面试。

妈妈收拾好，陪我再一次出门，边走边说：“林园，这回真被你控制了，原来你来北京是早有预谋啊！”

“呵呵呵……”我笑了笑。

“去八达岭长城多好呢，”到了公司，妈妈发牢骚了，“你却强迫我到这种场合。说好了来玩的，你非要我拖着疲惫的身体来这里。”

我无话可说。

还是先前那个男青年，他先是让我们在前台等，他上楼去告知经理。一会儿他下来把我单独叫出去，看我的演习，又很认真地指点了我二十分钟吧。接着他让我去楼上演播室。经理和评委老师来了，录像师摆好了镜头，我就开始表演了……

那个女评委说我适合唱歌，跳舞也可以，给打个九分吧。

接着公司的职员把我和妈妈叫到楼上经理的办公室。之前与我保持联系的男青年给我和妈妈一人一杯水，然后经理就跟我谈话了。前提是让家长暂时沉默。

经理问我：“来这里面试经过家长同意了吗？他们提前知道吧？”

我说：“同意，知道。”

妈妈显出无奈的样子，她瞪我一眼，很小声地说：“不知道孩子来北京是为了面试。”经理问：“你妈妈刚刚说什么呢？”我掐了她一把，她摇头说没什么。

接下来，经理问我妈妈：“支持孩子做这件事吗？”

妈妈说：“只要她喜欢，只要事情合理，当然支持。”

经理问我：“你老爸怎么没来？”

我说：“非要老爸来吗？如果没有老爸的孩子，是不是就不可以面试了？”

经理无语，但他还是说：“这事最后还得看自己的意愿。”

经理又拿出两本演员的履历，他很积极地介绍：“这个小女孩，和你年纪一样，已经赚了八万了，把自己的学费都赚出来了。你也可以先从接拍广告做起。我们不断地宣传，每天给你往影视基地投几张照片和简介，导演看中了自会找你。这个你不用担心，只要你有实力，有决心，没有做不好的事儿。”

经理又说到几个大牌歌手的经历，说到台湾某某艺人兼导演是他的师姐，说他自己是学声乐出身的，说以后我加入了，可以叫之前与我联系的青年当我的经纪人，还要我保留我的长发，艺人不要剪短发，又问我能不能保证随叫随到。还说说不定今天我在北京，明天就要去重庆了，机票公司报销，可我家人的公司不管……

妈妈说：“她过几天就上初中了，学校不建议留长发。”

经理说：“这个不行，我们得跟学校打招呼，得特殊对待一下。”

最后，经理才切入正题。前面一堆话是铺垫，后面是正题，那就是要交六万元培训费。

经理给我们算了一笔细账：“一天至少发十张你的照片，要发一年，这笔费用是公司和你各一半；找老师教你声乐，一小时上千元；找舞蹈老师培训你，一小时上千元；出席新闻发布会，在百度网上给你制作个人网页，又一笔花销……这样算下来，是三年六万，真不多。你想啊，我保证你培训好了，两年内挣回来，甚至像那个小女孩一样，挣得更多。因为我也有合同，公司规定，若我接收了你，三年内达不到一个标准，会扣我一半的薪金。所以你放心，我一定培养好你。以后你的艺名叫‘洛琪’，某大师看过，叫这个名字的艺人，以后一定能走红……”

我真是激动万分。

妈妈沉默着不再说话。

经理说：“你们先回住处，等高总的最后定夺。等他看了录像再说，不过我们这一关是过了，只等他了。到时候提前打手机给你们吧。今天先结束会面……”

回去的路上，妈妈说：“我不敢拿这么多钱当赌注，你仔细想想吧，没有天上掉馅饼的事。不要被表象蒙蔽。第一，他夸夸其谈；第二，看人看面相，他哪像个仁慈人呢。他还说自己信佛，相信缘分，只做好事不做坏事。做坏事的人往往打着缘分的旗号……”

“我……”我不知该说什么。

“就凭这两点，我怕了。你听听，最终落到钱上了吧！我一猜就是这样。还说什么，今天在北京，明天飞重庆。你想想，一个小女孩，大人能放心吗？到时候你后悔就晚了，任人摆布成了什么了。这合同我不能签。千万别签，别掉进去。趁明天还有点空，咱们去动物园好不好？”

我说：“好啊，去动物园吧。”

但我心里还是希望妈妈把合同签下来，完成我的心愿。

第二天在动物园里，我看了不少动物，却心不在焉。在园里的购物中心，我买了条天蓝色的头纱，买了个大熊猫钱包，还买了北京酥。当天晚上，我们去吃玉林烤鸭了。

“如果他们说你通过高总的考试了，交钱吧，怎么也不可

以的。千万别签合同，就说回家商量一下。”妈妈说。

我听了心里不愉快，默默地走着。

过一会儿妈妈又说：“青春年少不要做后悔事。把自己的年华葬送了，把你妈妈也害苦了。我想回家了，不想一个人带着你去冒险。把钱浪费在这没意义的事上，多么可笑啊。”

可她拗不过我，我就要去碰壁。

她说她很烦，扭转不了我的想法，特痛苦。

我说：“妈妈你忘了吗？那个经理说两年之内钱就赚回来了啊。”

她说：“真担心明天的事……”

她一夜无眠。

我们还是去了那个公司，还是那个经理，高总并未露面。这次没啰唆，目的明确，就是在合同上签字。妈妈说钱不够，先不签了。

经理就说：“不够不要紧，只要你先交上定金，剩下的回家后打到公司账号上就可以了。”

“要交多少呢？我们还留要回家的路费呢，还要买东西呢。”妈妈说。

“交两千吧。”

“没有这么多，今天只有五百元。”

“好，那就交五百吧。剩下的钱限你三天内打过来，三天，公司规定。”

妈妈掏出钱乖乖交上，在几份合同上签上她名字，我签上我名字，我们又按了各自的手印，才算完事。

那一会儿，我是高兴的。下了那个楼，妈妈的腿软了，头大了，心慌了。

“怎么回事？稀里糊涂就签合同了？我怎么啦？我们上当了。我怎么也喝了迷魂汤了呢？难道他们的水里有东西？坏了，坏了。”妈妈的脸色变了。

我说：“不会的妈妈，你刚才听经理说了吧，这是好事，这点钱两年之内就回来了。我也不会耽误学业。你快回去给他打钱吧！”

我的欢快与她的悲伤形成鲜明对比，但我不管这些，我就要冒险闯一闯。晚上我和妈妈去吃了玉林烤鸭。

妈妈还买回一只烤鸭，还有几盒鸭头，准备第二天走时带回去家人聚会时吃。不过这是夏季，太热，回去要晚上九点了，鸭子当然变质了。

妈妈立即给那个经理发短信，说孩子小，学校也不同意，怕耽误学业，不能请假，是贵族私立学校。所以不能参与了，过几年考上大学再说吧，现在还是以学业为重。

妈妈发了短信，很快经理打电话给她，再次催促她交钱，否则是有违约金的。“合同都签了，又不是小孩子，怎么说反悔就反悔呢？这事都该打官司了。”经理在电话里说，他很生气。

妈妈说：“很抱歉，当时太仓促，吃了药，脑子也不好使，就签了。请你撕毁合同吧，真的抱歉。再说我们也没有这些钱，也没工夫跑北京，路程太远……”

讲了好半天，对方不依不饶，妈妈只好把他的手机号拉黑。

我十分不情愿，在回家的路上，仍不断地劝妈妈打钱吧，别错过机会。

妈妈说：“当时那个场面，我们不出点钱，走得了吗？我知道那五百元是白给他们的。你不给钱，他们肯定不舒服。”

后来经理打不通妈妈手机时，又给我打手机，催促交费。那几天，妈妈憔悴了，一下子老下去。

最后我也拉黑了经理的手机号。我亲自说：“不去了，我妈妈病了。”要知道我说出这句话，是下了很大决心啊，是我亲自否定的。即便它就是个骗局，当时我还感觉很遗憾呢。

妈妈说我这样的少年最易受骗。

我青春期的叛逆不让她省心。看她忽然就流出泪来，我怎么不心痛？想想小时候，我说长大了要保护她，真是惭愧。原来母爱可以这样无私地给孩子？我践踏了那无私干净的爱。

即使她绝望了，还是希望我快乐，希望我对这个世界不失望，希望现实给我的不是冰冷的痛击和欺骗。

我是后来的后来才明白梦想与现实的巨大差距。当梦想成了碎片，完成了它向幻想的过渡。我那灰色的忧愁，与妈妈飞快长出的白发，形成呼应。是的，妈妈病了，她身心俱疲，困惑缠绕着她。

一个人最糟糕的感受，就是不得不反复怀疑先前自己深信不疑的东西。我是在反省吗？我何尝不是凭着小小的决心，凭着对“梦想”与表象的认知，想给生活中操劳的妈妈一个惊喜呢？

我对当时的自己感到十分惊诧。

真的，很久之后，我才扪心自问，这不是一个荒唐的行为是什么？不要再当粉丝了，不要再想当“小明星”了，没有什么比上学重要，没有什么比健康重要。

我的左脚大拇指得了甲沟炎，化脓了，很疼。我不能跑步。两年来反复做了四次手术，术后去医院换药，妈妈忙得团团转。

康复，是个漫长的过程。我小心地慢走，坚持步行上学，不让妈妈送。

最后一次手术，是当地医院的王主任亲自做的。术后，我恢复得不错。初三开学时我就跑步了。我坚持每天跑，三个月以后，左脚大拇指侧面又化脓了。千佛山医院的大夫检查说：“你不能剧烈运动，不能跑步，走路还可以。免疫力低时就易感染，最好用高锰酸钾洗洗……”

哦，这样妈妈还得和学校的老师请假。不过妈妈说：“你终于可以洗个澡了。”当天晚上我就洗了澡。

妈妈知道我们体育中考是占60分的，考好几项呢，怎么办啊？其实她心里是惆怅烦恼的。

乖乖，等待一次春暖花开，一次蜕变，化茧成蝶，是需要时间的。当我看清了一切，明白了那些艰辛，我努力学习会晚了吗？

记得C说，他在一个父母恩爱的家里长大，他有一个脾气很温和的爸爸。他让我见识了家庭环境对孩子的熏陶真的很重要。

善待走进你生命里的人。有的人只能陪你走一段路，留下一个隐约的身影。我能感到，C也是这样的，陪我的一段行程，叫“老爸”。他以这样明确的身份，出现在我的梦里。他会一直存在于我记忆深处，我很感慨这段奇妙的关系。在我年少的时光里，在我独自行走时，有一股不可忽视的力量，引导我前进。

有人说，朋友不一定是知己，朋友是暖季的花，到了冬季就没了。英国作家培根说过：“得不到友谊的人是终身可怜的孤独者，没有友谊的社会则是一片繁华的沙漠。”

有很多人和事，失去后再得不到，正如时间。时光若止，该有多好！

经过岁月流转，认识深化，我感到一种真正的明净和知足，我又回到最初的起点，结果是，不再任性。

回到小城，生活又回归原点。想起几次出行，想起大城市的流光溢彩，想起在旅途中失散的人，很想问一句：“久违了，你好吗？”

现实无奈，青春坦诚，我一点点褪去稚嫩的外衣，不再执拗，不再在意没有父爱。因为妈妈的陪伴，爱的原野，从未荒芜。一个人在我的想象里，陌生而甜蜜。

一时觉得“父爱”一尘不染，未曾来过，谈何缺席。

北京之行，给我上了一堂思想教育课。多年后，我会忘了我的幼稚吧？

隔了些日子，大约是上了初中半年左右，我在日记本上写了一段话："很早以来她就学会了默默忍受和委屈自己。如果有人对她们好，会留有深情在她的记忆中。这不是骨肉而胜似骨肉的情感，已经超越了血缘的界限。时间能使创伤愈合吗？一种感情永远不可能代替另一种感情，我希望现实多一些爱与宽容。"

我该学会懂事了。妈妈在生活的重压下身体欠佳，我还不能体谅她。我何时才能真正懂事呢？

十　旅行的意义

如果留不下念想，旅行是没有意义的。

我们手牵手一起走来，寻找温暖的意念一直都在。

定其心，应其变。

谁不需要关爱呢？谁不希冀长远呢？有时当局者迷，旁观者清。

在城里单身女人，尤其是带孩子的单身女人，想找个可靠的男人度过余生，据说“比登天还难”。不惑之年，对女人来说是个尴尬的年龄段，而对男人来说，照样可以抱得美人归，只要他有相当的能力，照样有年轻的美女跟着他。仿佛这个社会就是女人比男人多，单着的女人远比单着的男人多得多。

凉薄的人世，难得的情意缱绻，只用于承载温情。有人说，伤口是别人给予的耻辱，自己坚持的幻觉。但无论坚持与否，它始终是横亘在心口的疮疤。

在命运的主轴线上，检视妈妈的人生，有太多的暗疾。仿佛钉进她生命里的钉子，无法拔除，只能任由它们侵肤蚀骨，直到灵魂溃不成军。

我联想到妈妈的门牙。她的门牙，被钉了长长的钉子。不知是钢钉还是铁钉，不知生不生锈。疼，是伴随终生的感受了。

人们说，能掌控的叫“人生”，不能左右的叫“宿命”。

那么，妈妈所走过的路，她的遭遇是就是宿命了。每个人的人生都是一种逃不过的宿命。因此，自赎，与其说是一种勇

气，不如说是一种能力。

那天我看完了张爱玲的小说《倾城之恋》。小说结尾写道："香港的陷落成全了她，但是在这不可理喻的世界里，谁知道什么是因，什么是果？也许就因为要成全她，一个大都市倾覆了……传奇里的倾国倾城的人大抵如此。"

所以，人被摧毁，亦被成全，而这正是生命的诡异之处：以倾覆成就传奇。

据说受打击的女人意志力比男人差，为爱痴狂的都是女性多，心理医生说：情感，是最难医治的伤。所以啊，女人受不起情伤。

世上最难猜的就是人心啊。

一切由不得我，一切全是我的想象。一个长期缺爱的女人，对家的期待比谁都深刻，这是幸福的局外人体会不到的。她所喜欢的，未必喜欢她；她所爱的，未必爱她。

之前我问妈妈："你为何不买车？"她说："刚买了住房，就买车？过几年再说吧。单身人开车没底气。你上学花不少钱呢，就不买车了。"

单身就没底气开车？于是我就说某某同学的老妈也是单身，人家也有房有车，过得可滋润啦。

妈妈就说："人家肯定有你不清楚的地方，肯定比我强，有本事，有靠山。红尘万丈，花花世界，无奇不有。你长大了，就明白了。每个人的经历肯定都是独特的。"

我听不懂妈妈的话。我急匆匆出门，把她的话挡在门里。社会好复杂啊，我越来越没有耐心听她唠叨。

在超市，我遇见一对可爱的老年夫妇。老头儿叫老太太"宝儿"，像叫孩子一样。我忽地笑出了声，妈妈在家也这么叫我的啊。原来老太太也是"宝儿"。老头儿拿起一个碎花杯子，问老太太相不相中这个。他的"宝儿"却在货架的另一端没听到他的话，所以他要喊她过来。

我倒是觉得人可爱，杯子也可爱，碎花的，女孩喜欢的款式。老太太来了，仔细瞧着杯子。我全程观察他们，直到付款，深觉他们是幸福的人。妈妈常说的“幸福的人”，大致老了也是这个样子吧？

遇见这对老年夫妇，我明白了一道生活习题：青春成长中的陪伴固然重要，而晚年旖旎的风景却更重要。陪伴，是最长情的告白，长过时间，长过所有。让人能厮守到老的，不只有爱，还有责任和习惯。

我也仿佛在等一个人，在跳跃的时光里，心似琉璃。待到青丝变白发，仍有个人叫着我“宝儿”，我叫他“老头头”。

有爱守候，有情珍重，怀揣信仰和祝福，所有的温情，才

能有皈依。

片刻的遐想，似乎理解了妈妈的苍白，没有男人的天空，总有风霜雨雪。别人所看到的，只是她用倔强撑起的“坚强”。我和谁也不比，和谁也比不起，我也不屑于比。

此情此景，它与“世态炎凉”无关。像这个老头儿，还会叫老伴“宝儿”，这个热乎乎的称呼，要有多年的相敬如宾吧？这样的真实，是两个个体相加的丰满，是安定从容的人世情感。

我想，总有一份遇见，装点了曾经；总有一份幻想，点缀过从前。日子不会复制，更不会还原，在我的“故乡”，在当下的时光里，依然是妈妈一个人忙，一个人睡，一个人感怀，一个人走，一个人坐，还得一个人谈心。自从买了小房子，我俩各住一间屋子，我再也不是被妈妈搂在一个被窝里的小孩了。我很怀念那些睡在一个被窝的年月，我的小脚丫会蹬着妈妈的怀抱，小手抱着她的乳房。她叫我“宝儿”，拍拍我的小屁股，我们每晚甜蜜睡去。现在，我长大了，我习惯了一个人睡一间屋。原来，这也是长大的象征啊。

生命这段旅程，走过了才完整。似乎另一个我，在岁月的流转中，习惯了飘摇，习惯了被否定，习惯了现实的残酷与别样的目光。

我想象的未来，是和妈妈在一起的，什么都不换。

我的意思是说，我想告诉单身的妈妈，别难过，也许你的爱情来得太迟，但哪怕人在中年，能遇到一个适合你的男人，也不晚。当然不管走到天涯海角，我都不会丢掉你。你若不叫我远行，我会放下远方。但这样对你不公平，你一直没有幸福的婚姻生活，你对它有着陌生的渴望，有着一缕执念。你说过，你很羡慕“围城”里的女人，有男人呵护，孩子也有人分担照顾，里面的风景很别致。或许它于你，犹如七彩的棒棒糖对一个孩童的诱惑吧。

是的，诱惑。妈妈对有个“家”的渴盼，写在她脸上，落在她发梢，从头到脚。看似有不少“小希望”等待着她，却总是失落。如一场场秋雨，在越来越冷的空气里，她抱紧自己取暖，但温度还不够，她企盼暖气快快来。有了小单元房，在这个小城里，我们才有了归属感。只是，我和她的小幸福，注定在秋雨里凋零。

都说通往幸福的途径，永无定式。

这对于自小就在冷淡、疏离的家庭气氛里长大的妈妈来说，母亲懦弱不自立，父亲酗酒摔东西打人。她没见过父亲的温情，她怕所有的男性，在异性面前，她是不安的，是慌乱的。这样的慌乱也来自温和父爱的缺失，来自家庭关爱的缺失。她的父亲没有教会她如何与异性相处，母亲也没教给她如何与同性相处，她自然是孤僻的。

我舍不得那温馨的梦中之旅，但我只能看着C的背影。他的决绝和选择，是他的权利。

悄悄地路过一场梦，再悄悄地走出一场梦，不然还能怎样？

有段时间，我受妈妈的感染，喜欢上了郑智化的歌。他苍凉的歌声激励过妈妈那一代，现在，他经典的歌曲也激励着我。我喜欢他的乐观坚强，喜欢他婚姻幸福。果然，好的婚姻能让人乐观幸福。从歌坛隐退的他投身IT行业。养家，是他的责任。他是个好爸爸，给女儿洗尿布，给她洗澡，陪她成长。隔了多少光阴啊，我们同学那是还喜欢那首《星星点灯》：“星星点灯，照亮我的前程……”

真是个好男人，他也给妻子写过歌，是一首《我这样的男人》，很深情，让妈妈羡慕得叹息。她说她的初中时代，时常唱的歌是《水手》。后来，妈妈抄写了他写的歌《别哭，我最爱的人》的歌词，她很有感触，泪流满面。

我越长大，对世间的冷暖感觉越强烈。其实，再坚强的人，

也有深夜哭泣的一天，何况妈妈这个弱者呢？

或许，我是个不该出生的小孩，但人各有命，所有存在的都是合理的吧？比如蚊子苍蝇，人们讨厌它们，可它们还不是年年生、年年在吗？好像，这是命运刻意的安排，我借由妈妈来到世上，她是度我的那个人。上苍派她保护我，就蒙蔽了她的心和眼，让她犯傻，她才生下我，不然，还有我吗？

好女人都认真，认了真的感情都太真实，真实到容易受伤，容易被动。我那么早就知道了“找对象”是件冒险的事儿。缘分，只是慰藉罢了。因为现实中的婚姻，非常务实，有才能的男人更挑剔，审视得更仔细。

让我们都与往事干杯吧！

现在，我上初中了，我更深地懂得，人啊，从来都是要么出众，要么出局。

对时间最大的浪费，不是尝试了太多，而是坚持了错的方向。人往往认为，最想要的才是最好的，其实最好的才是最想要的。

旅行本身并没有意义，旅行中发生的故事才有意义。人如微尘，若情比金坚，该是岁月安暖，微笑向阳才对。

我的旅行是伴着歌声的。偶像张艺兴，是我心里的一盏灯。为这，我买了本地琴行最好的吉他，开始学唱歌了。梦想和远方还在路上，我继续那长长的旅行，边走边弹，像个走天涯的旅人，不改初心，感情率真。

总之，梦醒了，有点遗憾。

我希望成为走天涯的歌手，也翻唱着张艺兴的《祈愿》：“……青春这答卷的答案，是有你陪伴，我不停祈愿，希望时间重返……”

我希望和他一样闪耀在舞台；我希望和对的人合唱这一曲；我希望蜕变后有超越；我希望梦带着理想起飞……

十一　旧时光

暑假过后，我是 2015 级的初一新生。

一周的军训结束，我们晒黑了，变瘦了。学校的伙食定量，平时吃惯了零食的我们，顿顿饭不剩还是吃不饱，半夜里饿得起来喝水。吃了几天的苦头，自以为成了铁人，自以为了不起。还有得以重生的感觉，不愿长大的感觉，读初中很苦的感觉……都像开了闸的水似的，哗地涌出来。

校门口那条大街上又挤满了行人和车辆，家长们都来接孩子了。我走出校门，一下子就发现了墙边的妈妈，我惊讶地说："你怎么在这里？"

"站到最显眼的地方，你才容易找到我啊。"妈妈说。

她牵着我的手往前走，我的心紧了一下，有多久没有这样牵手了？她好像生怕我跑掉，紧张地抓住我。我却不愿她牵着我，就使劲抽出手来，她扭头看看我，我瞪眼看着她。妈妈说："好吧，你自己走。"

一会儿她又问我："饿坏了吧？要不要先买个包子或馅饼？看你真瘦了些。"

我们经过的路上有包子店和馅饼店。

我不耐烦地说："快走快走，不买不买。"

妈妈好像意识到了什么，再不言语。我们回了家。

进了家，我就一屁股坐在地板上。

我对着她大嚷："你穿成这样，去学校给我丢人吗？"

“你在撒泼。小东西，快起来，打屁股了……我穿成哪样啊？穿什么才不丢人？”妈妈说。

“就像杨妍妈妈一样，打扮得像明星，多有面子啊！你看看你，把自己弄成个乡巴佬，更没人喜欢了。”

“我喜欢穿得朴素一些，穿不了高跟鞋，崴脚啊。穿衣服不是为了取悦人的，是为了自己舒服，适合自己的才对。比如说要适合自己的职业啊，身份啊。花枝招展的衣服不是我这个年龄的人穿的，端庄优雅才是这个年龄的追求。何况我，还是个普普通通的女人呢……”

“我不听，总之，你再学不会打扮，就不要到我学校去！再说了，你穿得不好看，就吸引不到别人，还怎么找对象！”

我固执地冲她吼。

妈妈到厨房里给我盛饭去，不再理会我。

那天真巧，我的小学同学给我打长途，我们聊了很久。她也来自单亲家庭。她改名了，现在叫“林颖”。她说她妈找到了新家，我挺羡慕她的。她说好朋友就要说实话。是的，她没有隐瞒我，我也没有隐瞒她，我说我妈妈还没找到。

电话里，我听着林颖的诉说，我为她的平静柔和感染了。从前的她嘻嘻哈哈，调皮淘气，比男孩更男孩。现在她忽然文静了，淑女了。是环境改变了她，还是她快速长大了？此刻我又想到一个字叫“命”。

我是不想认命的，我还不想让“命”牵着鼻子走，不想向它屈服。我们课本上也出现过一个词叫“命运”，说人生的方向，命运的走向，掌握在自己手中。我下意识地握了握拳头，似乎要握住那不可捉摸的命运，让它按照我的思路去铺设。

幸福的家各有各的幸福，不幸的家各有各的不幸，每个人也有自己的选择。好与坏，不是别人能评价的，冷暖自知。我想我的虚荣和攀比全无必要，全是自以为是。

一辆汽车算什么呢？有没有车，有没有大房子又算什么呢？有的人拥有这些，是得益于别人的赠予，所以它们都不能真正衡量一个人的能力。重要的是人得创造属于自己的空间和价值财富。这与自己的能力成正比，而这也是光明坦荡的。

这青春期的虚荣和所谓的面子都是幼稚的表现。回头细想，有什么必要呢？真的，没有什么比丰盈的精神食粮更真实可靠。一切身外之物，都可有可无。当我突然意识到这点时，竟有了想哭的冲动，我该多理解一下妈妈，不该责怪她的穿着。

放下林颖的电话，我写了篇心得——《随风飘零的种子》。文中把什么“福无双至，祸不单行”和“人生苦短”的道理都写进去了，我加了密。

那天，妈妈也在微信平台上发了一篇文字，她分享在朋友圈。我看见了，知道她并未真生我的气。

妈妈发的就是这篇小随笔《素时》，结尾写道：“从此，她的心真的明亮起来了。素时，一个风轻云淡的时段，感念，这属于一个人的心灵时光。无须切换，无须打扰，更无须言语。渐行渐远的日子，茶在，爱在；爱在，茶在；茶去，爱在；茶去，人在。还有一种情况是，当一切都不在了，那心境，也化作一缕风，一朵云。

“经过阳台里的幸福时光，回眸一笑，一切安好。”

有人说单亲家庭的孩子早熟。其实要分哪方面。但我不会早恋，在这方面，我“情商低”。同学们都说我太纯了。他们曾考验过我，乐得他们大笑：“连这个也不懂，忒纯了。”

我问：“有那么好笑吗？这有什么啊？”

然后大家都笑翻了，我还不知所以。所以，有时我没他们父母恩爱的家庭的孩子早熟。

就像生物课上老师讲到精子卵子，同学们都哈哈大笑。老师不理会，继续讲课。全班就我一个没笑，这是科学道理、生物常识，笑什么呢？回家我说给妈妈听，她说：“这些孩子绝对早熟，也绝对幼稚，正是青春期啊！在课堂上大笑不尊重老师，你不能笑……”

我说：“我没笑。”我从没放肆笑过。实在想不通，这有什么可笑的。生物老师说过，以后成大事者，不是乱笑之人。

妈妈说：“你不乱笑就对了，你们这个年纪，既需要年轻干练，又得成熟稳重。修身布德，是一辈子的事。成大事者，必有修为，必得道多助。”

在家里待了不到两天，我又回到了学校正式上课。

发新书时，我的肚子突然非常疼，连腰都直不起来，我趴在桌子上一动不动。同桌马上告诉了班主任。

“要不要紧？怎么回事？要不要告诉你妈妈？”班主任从讲台上走下来问我。

“不，不用，忍一会儿就好了……”我回答。

怎么能告诉妈妈，她每天那么忙碌，还抽出空每晚都来看我，给我送东西，来取我的脏衣服。为了我，她真是操碎了心啊！

同桌递给我一个橘子。我握着橘子，一个画面浮现在我的眼前，泪水溢满了我的眼睛。

在我两岁时，妈妈没有多少钱，她带我去商业街买东西吃，身上只带了五块五。她在一个卖橘子的小摊边停了下来，给我买了三个橘子，花了两块五。卖橘子的女人应该找给妈妈三块才是啊，可是她硬是不给，还说妈妈就给了两块五。妈妈说：“这么快你就忘了？”旁边围着一大群来看笑话的人，一个个袖手旁观。最后妈妈也没把钱要回来。

上次问起妈妈这件事时，妈妈说如果是现在，她肯定不会要了，但是当时她实在是没有钱。

俗话说，相由心生。在我幼小的记忆里，那个女人一脸刁蛮相，三角眼，尖鼻子。

往事消逝在岁月的风尘里，一切归零。中断回忆，重整心情，我的肚子好了两节课，晚自习的时候又疼了，丝丝缕缕的阵痛。

同桌小声问我：“是来月经了吧？”

我说：“不是。”

我没吃凉东西，真是奇怪了。同桌又报告了班主任，这回班主任显然有点烦躁了。他疑惑地问我：“是不是想家了？肚子疼是装的吧？同学，你的小心思，可瞒我不过啊。”

“啊？不是，是真的。我没说谎。”我说。

“是吗？那就叫同桌陪你去校医务室吧。现在就去，看看怎么回事。”班主任说。

我走几步就停下，因为疼。我再走，又停下，断断续续，

好不容易挨到了医务室。我深深觉得那是一段多么长的距离啊。

我向校医说明了情况。校医诊断是肠痉挛，是由于饮食不规律，或吃凉东西受寒引起的。他让我买一贴暖宝宝贴在小肚子上，回教室后多喝点热水就会好的。

贴上暖宝宝，我比先前来的时候好了那么一点儿，走回去时停下来的次数也少了。班主任在教室门口等我，他问我同桌："怎么样啊？"

他并没有问我。

"校医说是肠痉挛。"同桌回答。

班主任往后退了几步："好吧，回去吧。"

过了几天我又肠痉挛了，班主任认为我是装的。

此时刚好校长路过，看见我们就问怎么了，我说肚子痛。

校长问我在哪住，我说了地址。

校长说这么近，回家休息一下吧。说完校长就上楼了。

班主任很惊讶。我不知他为何惊讶。

班主任问我："你爸妈离婚了吗？"

我说："是的。我出生后不久他们就离了。"

后来他打我妈手机，妈妈就推着自行车来接我了。我把刚才的情况跟她说了。她说有一次在小区里遇见了班主任，因为她有急事骑着电动车，只打了个招呼，问班主任怎么来这里了。他说来找个同学。妈妈当时并没多想。

我说："我没说谎，妈妈，可老师不相信我。"

"你们老师太年轻了，第一年当班主任，还没经验，试着去理解他吧。"妈妈说。

我不语。我想到肚子痛和脚痛，有点委屈。后来到家，我喝了热水，吃了药片，又趴在床上一阵子，才好。晚上我接着去学校上自习课。

中学时代，似乎是催促着人成长的。

六点跑操，绕着小广场跑，打头的是初三、初二，最后初一。

我们每天拿出大量时间来练习跑操，要求口号响亮，步伐一致，还要注意排面等等，好多问题。我原本以为跑操是一件很容易的事，只不过是很多人一起跑，速度慢了而已。我听到要练习跑操时，暗自发笑，暗自叫苦。

其实，科学证明这么早跑操并不合理，太早了空气不好，况且如今雾霾多，最合理的跑步时间应是上午十点。

我从小缺乏营养，生过水痘，得了哮喘。只要剧烈运动哮喘就会复发，那种感觉真的很不好，喘不上气来，呼吸困难，说话都大喘气。第一天跑操一圈还没下来，我就气喘吁吁，但我怕被班主任批评，又坚持跑了一圈半，这下我好像觉得自己就快不行了。或许你们会觉得很可笑，你们没有经历过，那感觉非常非常难受，真的。

班主任说："就不能坚持一下吗？"

唉，我已经坚持了好久，不得已才退下来不跑的，班主任就不能理解一下吗？校园里的那个高中生剧烈运动，然后导致心脏病发作了。我到现在还不知道那个大姐姐怎么样了。那个场景真吓人，好多人围在那儿，有人给她做心肺复苏，大家焦急地等待着"120"。她的父母在旁边哭泣，一边哭一边说："我们家就这一个女儿啊！"

如果有同学遇到生理期请假，会得到班主任这样的答复："我怎么不知道生理期不能跑步啊，走，去跑操！"

唉，我们小学课本上就说了，女生生理期不能做剧烈运动，容易痛经。

对我们来说，班主任您是阳光，是星火，是引领我们前行的光源，是一个智者。

为何要怀疑我的话？我没说谎。如果您能温和些，该有多好。

“先不说你哮喘，在你没退出来之前，你的步伐和队伍根本不一致，就你一个女生不对，那几个都是男生，你觉得好意思吗？军训时一再强调步伐，听声音，重音在左脚上……如果还不可以的话，那就去跑内圈吧！”班主任说。

我愣了，原来我的步伐也不对，当时我一开跑的时候就特别害怕，老是在心里对自己说：“坚持下来，坚持！”我没有注意去调整步伐，因为我的左脚做过手术，有遗留的痛楚。

啊，亲爱的老师，尊敬的老师。

四季的更迭不会停止，年华在弹指间消逝，但青春总能沉入心里，时光尘封不了。岁月是一条不断延伸的线，一头系着现在的自己，另一头系着纯白的年少的自己。

旧时光风尘仆仆，触摸到季节深处。

那个暑假我的脚做了第二次手术，在济南市中心医院做的。6号刚刚放假，7号那天是个周日，天还哗哗下着大雨。妈妈在犹豫，要不要周一再去。

她说周一去好，但医院肯定忙。本想去省立医院做手术，但走路不便，距离较远。

想了想，我说：“还是今天去吧，先去济南市中心医院挂号看一下，再决定做不做手术。”

那个下午的雨，完全打乱了我们的思路。交钱，买卡，挂号，医生要我马上手术。

这超出了妈妈的预料，她接到手术通知单，来不及思考，我就被一个个子很矮、精瘦严肃的女医生叫进了手术室。女医生把我妈妈关在门外，说：“你别吓晕了，不要看。小手术而已。”

我木然地坐在床上，手里握着一卷卫生纸，妈妈怕我忍不住，让我握紧纸。麻药针一下子扎进去了，冰冷的剪刀、钳子、镊子、刀子和针，让我的心悬了起来了。手术开始了，疼痛马上袭来，麻药打得少，我哭了。医生再三说回过头去，别看，别紧张。

这时我妈听到哭声，又推门进来。一个胖护士把她推出门，说：“不要进来，影响手术进行。你孩子看到你更紧张。”

于是慌乱的妈妈只好不断地在走廊徘徊，事后她说她也好疼好疼。大约过了半小时，我被送出手术室，医生让我坐在椅子上，让妈妈使劲捏着我的脚趾，要好几分钟，止血。纱布很厚，妈妈看到血渗出来了。她说她的胳膊感到一阵阵的疼，像电流，像走针。

此刻我还没感到太要命的疼。妈妈要背着我下楼。我说我一个人能走。这时麻药的效力没过。妈妈又去联系病房，交费。我要住院一周，因为隔天得换药。

我一个人慢慢往二楼挪动，走了一会儿就疼得受不了了，不管不顾地大哭起来，因为麻药没了作用。

我感到撕心裂肺的疼。妈妈吃力地背起我往病房楼走，那只脚不能穿鞋了，为了它，我的手努力撑着一把伞，其实我疼得什么也不想拿。可医生说至少三个月不能沾水。

她使了平生最大的力气背我，

她说："你只给你的脚打伞，我淋湿了没关系。"从小经历过苦难的妈妈非常坚强，她稳妥地把我放在病床上。我们问医生吃什么药。医生说不用吃药，隔天换药就行了。但晚上我一直没睡，我疼得吃不下东西，我疼得发烧。

妈妈以为我忍一忍就可以了，但第二天更厉害了。她急忙跑去跟医生说明情况，医生给开了布洛芬缓释胶囊，还有阿莫西林，说："吃一个胶囊吧，最好别多吃，实在忍不住再吃。"还好，这片药救了我，让我喝得下水吃得下饭，不然，真不知怎么挨过去。后来，我的烧也退了。

8号我开始吃药了，晚上开始吃东西了，心情有所好转。9号一早我就去换药了，医生还埋怨我："疼得那么厉害，怎么不昨天换？还吃药？"

我说："不是说隔一天再换吗？"

医生说："夏天怕感染啊。"

然后医生给我换药，疼得我哇哇大哭。因为这回可没有麻药。妈妈在走廊外喊我名字，说："你要忍一忍啊。"我猜她又急得团团转了，又揪心了，可痛是要自己承受的。

流年的刀，雕刻着往事的轮廓……

每一颗心都需要爱，妈妈太缺少别人的帮助和关爱了。她很平凡，也很坚韧。人生是负重前行，一些苦难和疼痛，因为无法躲避才面对。而我们确定的是，苦难是精神折磨，也是肉体折磨。

现实的"恩赐"，让我看见了人内心的幽微世界。忽略脚和生理期，跑吧，咬咬牙，坚持一下。唯愿我有一颗无所惧的内心，向着梦想和彼岸奔跑。当毕业季来临，很多人走散了，很多人成了很多条平行线。

往昔，都是我小时代里的片断。苍凉，是旧时光的色调。

十二　孩子，你慢慢来

冬天，我喜欢向着窗户吹热气，在起了白雾的窗户上画云烟。

每每想起初一时教语文的王老师，我心里就汇聚了感动和感恩的暖流。

2015年的寒假，王老师给我一本书，是龙应台的《孩子，你慢慢来》。王老师鼓励我做生活的强者，教会我怎么去学习，告诉我学习的动力来源于远大的目标和理想。她还给我讲了她原先教过的几个学生是如何破茧成蝶的。她说："人生肯定没有坦途，风雨后才可能有彩虹。挖掘自己的潜能，够努力，才够成功。你作文写得不错，英语也不错，数学还凑合，就是语文常识部分和阅读理解，需要加强一下。大家都说语文皮厚，皮厚是大白话，其实说的是它知识量大，辐射面广，需要时刻累积，时刻温习，时刻充电。"

教学中的王老师，温和也严厉。但今天，她让我看到了她的另一面，那种独特的气质和说话方式，犹如春风一般温暖。

这是我从未体会到的被老师重视、关心的感觉，觉得一树繁花，几度绽放，只为一人所开。

我也不知道她为何单单教导我，还送我稿纸。被老师关心是不是特别温暖？这温暖，深深地打动了我。

王老师在书的扉页上写道："孩子，你要永远记得你的背后从不空无一人，你要坚信光芒和掌声都是属于你的，微笑面

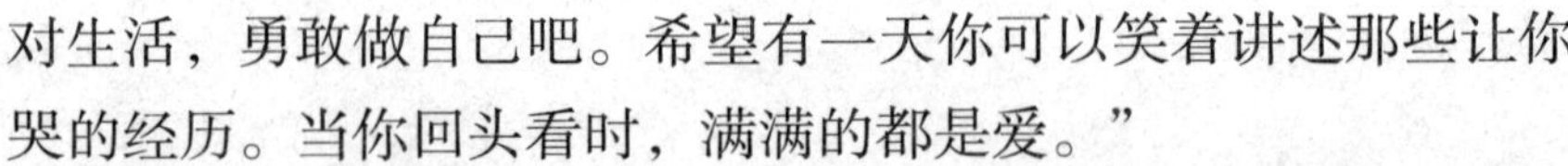

对生活，勇敢做自己吧。希望有一天你可以笑着讲述那些让你哭的经历。当你回头看时，满满的都是爱。”

老师真的很鼓舞人心，我永远会记得她说的话，也会好好珍藏这本书。我想，长大后，我一定去拜望王老师。她在我青春的路上，给我留下灿烂的一笔。她在我生命里，真的很重要。

光阴告诉我，相识是路上美丽的风景。《山河故人》中的名句这样说：“每个人都只能陪你走一段路，迟早是要分开的。”可是在我心中，老师您陪我走过的路，不是用时间长短计算的。那些真挚的情意，深藏在我记忆的行囊。

您温柔地对待每个学生。您语重心长的话语，值得我用一生珍藏，用一生品味。

十三　我转学了

2016年秋季，我转学到济南。

最初做出这个决定的是我自己，一切偶遇也是机遇。

初二，我来到了一个新环境，时刻铭记王老师的话，去芜存菁地学习和生活。境界的提升，往往是在每一个好成绩后面彰显，是成功后被赠予的光环。

那一刻我有点恍惚。

在一些开心的经历中，总会有甜美的微笑，即便岁月久了，也不会迷失忘却。它们有时像一只只蝴蝶，落在你的发梢，飞进你的梦乡，还叫你笑出声。

我希望，那些幸福时光，变成一粒粒种子，开出花结出果，我一定带着它们走天涯。在最美的年华，邂逅心动的目光，遇到美好的友情。

在曾经走过的路上，不忘初心。那份友谊，一直在身体里珍藏，保有一米阳光的适宜温度。

Bert 同学是个特别的人，脾气特好，又阳光灿烂。

我们的青春洁白如雪。我们保持距离，友谊无瑕。我们的前程，在通往大学的路上，我们需要不停努力。

学习是个繁忙的过程，每个同学都很拼。初二下学期快到了，老师一直在念叨：“初一，不分上下；初二，两极分化；初三，天上地下。”

我们绷紧了神经，谁也不想落后，谁也不想出局。我们奔

跑在青春之路上，拼命向大学冲刺。老师多次讲过：“你现在的努力，决定了你今后的人生舞台。你是为你的幸福而奋斗。你不是为我学的，不是为父母学的，你是为你自己。你够努力，才可能成功。”

假期我准备和妈妈回老家，再提前返回济南。

Bert 同学很兴奋地告诉我说：“你到时有时间一定和我联系，济南是我的故乡。我熟悉这里的一切，你说去哪里我都可以的。”

我说：“去芙蓉街吧。”

Bert 说：“好。这条街啊，名字好听是吧？”

“好像是这么回事。”我说。

Bert 有点大哥哥的感觉。

那天我们约好了时间和地点。

我很开心，Bert 带我去逛了芙蓉街。然后我们去恒隆广场，吃的日本料理。

吃完后，他说去选书。结果我们没有买到，因为缺货。他看看时间还早，就提议去看个电影。我说好啊。

在恒隆，我们喝了三种热带水果的混合果汁。我们看了《从你的全世界路过》。我们没怎么说话，都很享受专注观看的过程。我也没接妈妈电话，因为手机静音了。

我在这里，忽略了妈妈漂泊的心。在空空荡荡的城市，她一个人承担，一个人行走，该有多少艰辛。

很久了，那杯现榨果汁的味道一直弥漫在我的味蕾上。

风温柔地读着一封青春的信……

一轮红日挂在天边，云彩翩翩起舞，我把那封信，剪成花瓣……

给自己一个鼓励的微笑吧，努力做个幸福的人，向梦想靠近。青春期的我们，坚信心中的花朵能温暖海角，也能开遍天涯。现在，低头学习吧，这才不负年华。我们眼中的世界，是纯净的，同样，处处是风景。

我哈哈一笑，看枝条刚好划开阳光，想起整理行囊时，望见了另一个自己，怀揣着年轻的梦，风尘仆仆地来了。十三岁，刚好是春暖花开的年纪。

我没有早恋，连牵个手也没有。我们完全是单纯的同学友情。

我还记得一张小纸条，很文艺范儿地写着："只送眷恋，那一场花期，我差点沦为红尘劫客。"

也不知 Bert 是在哪抄来的，还是自己写的。他自我感觉还蛮酷的。我把纸条夹在一本喜欢的杂志里。

与 Bert 去泉城路，去泉城书店，去恒隆广场吃料理，去看电影……我们都不怎么说话，时间安静。

这也是一种交流方式吧？

初三上学期，Bert 出国读书了。

过去很久了，我很想说一句："你好吗？别来无恙？"

我深知，即便 Bert 不出国，我们终要毕业，走出校园，跟所有人说再见，说保重，说后会有期。当时光再老一些，那么，往事也消失在旧日风中了。

可是 Bert，你还是我印象中那个风度翩翩的少年，我们还是默契的好哥儿们。校园时光，会一直温暖着我，陪我度过一个个寒冷的冬季。

十四　单翼天使会长大

生活证明，长的是磨难，短的是人生；长的是友情，短的是相聚。无论走到哪里，我会一直记得：孩子，你慢慢来。

妈妈曾对我说过："每个小孩都是小天使，从遥远的星空飞下来找父母。有的都找到了，有的只找到了爸爸，有的只找到了妈妈，每个孩子是不一样的。你呢，是看妈妈一个人太孤单了，就飞下来和我做伴。"这段话一直伴随我的成长。

小天使们都会长大成人的，他们脱下翅膀，像树一样，落地生根，扎进土壤。

他们的翅膀哪去了？化为成长的能量了？哪怕是单翼天使，也能努力做个大写的人。

作为单亲家庭的女孩，从小被父亲抛弃。在没有父爱关照的成长中，年少无知，年少轻狂，很多滋味也体会了。就像美好的旅程也藏着寂寞，回忆终会慢慢褪色，期盼和承诺也会改变。

佛家常讲超越、涅槃和解脱。王维在诗中写道："行到水穷处，坐看云起时。"《小窗幽记》里也说："宠辱不惊，看庭前花开花落；去留无意，望天上云卷云舒。"

妈妈对我寄予厚望，希望我成为学习优秀的学生，业余码字。上大学后，搁笔，读书，谈个小恋爱，然后考研，考博。最好的工作就是能当个大学教授。在教育领域施展自我，实现人生价值，实现自己的梦想。我从起初的不以为然，到现在的接纳，也是一种成长吧？听得进劝告的孩子，正在一步步走向成熟。

相信，走过一路风雨，会见彩虹和阳光，单翼天使会长大。每个小孩子，都曾是小天使，我也不例外。就像妈妈一直期盼的那样，会有安稳的生活，有喜爱的工作，去爱并被爱，组成一个小家。如此，人生即便不太完满，也算别致的了。

还是那句话："人生几何，夫复何求？"有人说得好："不思八九，常想一二。"

处心积虑未必能得，放手后退未必是错。

这是我在成长中，所悟所感。总之，时间前行，我也前行，它像一只巨大的手，推着我向前走。终于，我也长大了。

宁可抱憾，也不取悦，不纠结，不向命运低头。

一幕幕过往，一份份经历，成全了我的悲悯情怀。人生，只有在一个个未知和已知的变数里，苦中作乐，不忘初心，才能做最好的自我。

一切似乎上苍早已安排详尽。哪怕一株草，一棵树，一只鸟，都隶属于广袤的大地和高远的天空。每一个生灵都有自己的命运。

这个冬天，我又面对窗户吹气，热气给玻璃铺上一层"薄纸"，我写下随心想起的几句话，欣然一笑：

亲爱的月亮，我不是一只空杯；
亲爱的玫瑰，请给我一串光洁的贝；
朝向春天的海，
我舒展的情思，不会错过冬天的雪……

这是我写在泉城的一面窗户上的字。我知道，不一会儿，它们就消失无踪。是的，外面正在下大雪，窗户被冻住，打不开。我走下楼，踩上洁白的雪，留下一串串脚印……

此时，一首《SHEEP》在耳旁循环播放："有些不可思议……

有些身不由已，不做损人利己，迈出的步伐一直努力努力再努力……”

同时，我也明白了，爱是什么。爱是奉献，是无悔无怨，是甘愿陪伴，是痴心长情，是每天的惦念，也许爱还是梦里的相逢，是虔诚的选择，是不省略的步骤……

爱不遥远，爱在当下，不从众，不贪恋，不枉此生。在梦里，我用力向前跑，阳光追着我，我生出透明的羽翼。一寸光阴一寸金，不负光阴，等到谢幕时，也能为自己喝彩。

单翼天使，对走失的父爱的期待，从未停止；给妈妈找个伴儿的念想，也从未停止。无论如何，这都是我的小时代，我特殊的成长历程。在深夜浓浓的梦乡里回望，总有一个人，在不远处，在烟雨迷蒙的渡口，向我轻盈地挥手……

孩子，总要长大；人生，总会优雅地谢幕。